Javier Marías

Als ich sterblich war

Erzählungen

Aus dem Spanischen übersetzt
von Elke Wehr

Klett-Cotta

Inhalt

Vorbemerkung

Von den zwölf Erzählungen dieses Bandes waren, so glaube ich, elf Auftragsarbeiten. Das heißt, bei diesen elf Erzählungen war ich nicht völlig frei, vor allem, was den Umfang betraf. Drei Seiten hier, zehn Seiten da, etwas über vierzig dort, die Anforderungen sind sehr unterschiedlich, und man versucht, ihnen so gut es geht gerecht zu werden. Ich weiß, daß bei zwei Erzählungen die Begrenzung ein Hindernis für mich war; aus diesem Grund erscheinen sie hier in einer erweiterten Fassung, mit dem Umfang und dem Rhythmus, die sie, einmal in Gang gesetzt, benötigt hätten. Bei den übrigen, auch bei jenen, die sich irgendeiner anderen fremden Laune fügen mußten, habe ich nicht das Gefühl, daß der Auftrag sie in besonderer Weise konditionierte, zumindest nach Ablauf einer gewissen Zeit und nachdem ich mich daran gewöhnt habe, daß sie sind, wie sie ausgefallen sind. Man kann einen Artikel oder eine Erzählung schreiben, weil man den Auftrag dazu erhält (nicht jedoch ein ganzes Buch, was mich betrifft); bisweilen wird einem sogar das Thema vorgegeben, und nichts davon erscheint mir gravierend, wenn es einem gelingt, sich das Projekt zu eigen zu machen, und man seinen Spaß beim Schreiben hat. Mehr noch, ich kann mir nur vorstellen, etwas zu schreiben, wenn ich Spaß daran habe, und ich kann nur Spaß daran haben, wenn ich Interesse daran habe. Es muß kaum erwähnt werden, daß keine dieser Erzählungen geschrieben worden wäre, wenn ich mich nicht für sie interessiert hätte. Und was das puristische Klischee betrifft, demzufolge so grandiose Gefühle wie schöpferische „Notwendigkeit" oder schöpferischer „Drang" nötig sind – die stets „spontan" oder sehr intensiv auftreten – damit man sich an die Schreibmaschine setzt, so ist es nicht überflüssig, daran zu erinnern, daß ein Großteil der erhabensten künstlerischen Produktion aller Jahrhunderte – vor allem in der Malerei und in der Musik – aufgrund von Aufträgen oder noch prosaischerer und servilerer Anreize entstand.

Angesichts der Umstände ist es jedoch auch nicht überflüssig, kurz darauf einzugehen, wie und wann diese Erzählungen zum ersten Mal veröffentlicht wurden, und einige der Auflagen zu erwähnen, an die sie sich gehalten haben und die nunmehr ebenso Teil von ihnen sind wie jedes andere gewählte Element. Sie werden chronologisch in der Reihenfolge ihrer Veröffentlichung angeführt, die nicht immer ganz mit der ihrer Entstehung übereinstimmt.

„Der Nachtarzt" erschien in der Zeitschrift Ronda Iberia (Madrid, Juni 1991).

„Das italienische Erbe" wurde in Los Libros, der Beilage der Tageszeitung El Sol, publiziert (Madrid, 6.9.1991).

„Auf der Hochzeitsreise" erschien in der Zeitschrift Balcón (Sondernummer Frankfurt, Madrid, Oktober 1991). Diese Erzählung stimmt in ihrer Grundsituation und in zahlreichen Absätzen mit einigen Seiten meines Romans *Corazón tan blanco* (Editorial Anagrama, Barcelona, 1992, dtsch. Mein Herz so weiß, Verlag Klett-Cotta, Stuttgart, 1996) überein. Die fragliche Szene wird in diesem Roman weitergeführt, während sie hier abgebrochen wird und damit eine andere Auflösung erlaubt, welche den Text eben in eine Erzählung verwandelt. Sie ist ein Beweis dafür, daß die gleichen Seiten nicht die gleichen Seiten sein können, wie Borges besser als jeder andere in seinem Stück „Pierre Menard, Verfasser von El Quijote" lehrte.

„Zerbrochenes Fernglas" wurde in der kurzlebigen Zeitschrift La Capital veröffentlicht (Madrid, Juli 1992), mit dem schlimmsten Druckfehler, den ich in meinem Leben zu erleiden hatte: Meine erste maschinengeschriebene Seite wurde nicht gedruckt, so daß die Erzählung unvollständig und mit einem völlig unvermittelten Sprung in die Handlung hinein erschien. Wie es scheint, hat ihr die Verstümmelung trotz allem nichts anhaben können. Man hatte mich um eine „madridtypische" Erzählung gebeten. Allerdings weiß ich nicht genau, was das bedeutet.

„Unvollendete Gestalten" erblickte das Licht der Öffentlichkeit in El País Semanal (Madrid und Barcelona, 9.8.1992). In diesem Fall war der Auftrag sadistisch: Auf einem so geringen Raum sollten fünf Elemente erscheinen, darunter folgende, wenn ich mich richtig erinnere: das Meer, ein Unwetter, ein Tier ... Ich habe die anderen beiden vergessen, ein Beweis dafür, daß sie unwiederbringlich in die Geschichte eingegangen sind.

„Sonntag mit Fleisch" erschien in El Correo Español, El Pueblo Vasco und in Diario Vasco (Bilbao und San Sebastián, 30.8.1992). Bei dieser kurzen Erzählung gab es ein Erfordernis: sie sollte sommerlich sein, glaube ich.

„Als ich sterblich war" wurde in El País Semanal veröffentlicht (Madrid und Barcelona, 8.8.1993).

„Alles Übel kehrt zurück" war Bestandteil des Buches

Cuentos Europeos (Editorial Anagrama, Barcelona, 1994). Ich glaube, nichts von dem, was ich in meinem Leben geschrieben habe, ist so autobiographisch wie dieser Text, wie man leicht feststellen kann, wenn man außerdem meinen Artikel „Der Tod von Aliocha Coll" liest, der in *Pasiones Pasadas* enthalten ist (Editorial Anagrama, Barcelona, 1991).

„Geringere Skrupel" erschien in dem nicht käuflichen Buch *La Condición humana* (FNAC, Madrid, 1994). Es handelt sich um eine der für die vorliegende Ausgabe erweiterten Erzählungen (in diesem Fall um etwa fünfzehn Prozent).

„Lanzenblut" erschien in Fortsetzungen (27., 28., 29., 30. und 31.8. und 1.9.1995) in der Tageszeitung El País. Die Bedingung für diese Erzählung bestand darin, daß sie mehr oder weniger der Gattung der Detektiv- oder Kriminalliteratur angehören sollte. Sie ist der andere erweiterte Text (um etwa zehn Prozent).

„In der unentschiedenen Zeit" war Bestandteil des Buches *Cuentos de fútbol* (Auswahl und Vorwort von Jorge Valdano; Alfaguara, Madrid, 1995). Hier war das Erfordernis, wie leicht ersichtlich ist, daß es um Fußball gehen sollte.

„Keine Liebe mehr" schließlich erscheint in diesem Erzählband zum ersten Mal, wenn auch die darin enthaltene Geschichte – in komprimierter Form – in meinem Artikel „Belesene Gespenster" der Textsammlung *Literatura y fantasma* (Ediciones Siruela, Madrid, 1993) enthalten war. Dort wurde diese Geschichte einem inexistenten Lord Rymer zugeschrieben – in Wirklichkeit der Name einer Nebenfigur meines Romans *Todas las almas* (Editorial Anagrama, Barcelona, 1989; dtsch. Alle Seelen, Verlag Klett-Cotta, Stuttgart, 1997), *warden* oder Direktor eines College in Oxford und ein großer Trinker), einem angeblichen Experten und Forscher auf dem Gebiet der echten Gespenster, wenn diese beiden Wörter denn vereinbar sind. Mir gefiel die Vorstellung nicht, daß diese kurze Erzählung allein und in fast embryonaler Form in einem Artikel begraben bleiben sollte; daher ihre erweiterte Ausführung in der vorliegenden Fassung. Sie besitzt bewußte, gewollte und kenntliche Anklänge an einen Film und an eine andere Erzählung: *The Ghost and Mrs. Muir* von Joseph L. Mankiewicz, über den ich einen Artikel geschrieben habe, der in meinem Buch Vida del fantasma enthalten ist (El País-Aguilar, Madrid, 1995), und „Polly Morgan" von Alfred Edgar Coppard, die ich in meine Auswahl *Cuentos únicos* aufgenommen habe (Ediciones Siruela, 1989). Alles bleibt in der Familie, niemand soll getäuscht werden: deshalb heißt die Hauptfigur in „Keine Liebe mehr" Molly Morgan Muir und nicht anders.

Die vorliegenden zwölf Erzählungen entstanden später als die meines anderen Erzählbandes *Mientras ellas duermen* (Editorial Anagrama, Barcelona, 1990). Noch andere Erzählungen, frei und ohne jeden Auftrag geschrieben, wurden in keinen der Bände aufgenommen, schien es mir doch ratsam, sie vorerst im dunkeln oder im Zustand der Dispersion zu lassen.

November 1995

JAVIER MARÍAS

Der Nachtarzt

Für LB, in der Gegenwart,
und DC, in der Vergangenheit

Jetzt, da ich weiß, daß meine Freundin Claudia durch den natürlichen Tod ihres Mannes Witwe geworden ist, kann ich nicht umhin, mich an einen Abend in Paris vor sechs Monaten zu erinnern: Ich war nach dem Abendessen, bei dem wir sieben bei Tisch gewesen waren, ausgegangen, um eine der Eingeladenen, die kein Auto besaß, aber in der Nähe wohnte, fünfzehn Minuten zu Fuß hin und fünfzehn zurück, nach Hause zu begleiten. Sie war mir als eine leicht überkandidelte und ziemlich sympathische junge Person erschienen, eine italienische Freundin meiner Gastgeberin Claudia, ebenfalls Italienerin, in deren Wohnung in Paris ich wie schon andere Male ein paar Tage zu Gast war. Es war der letzte Abend meiner Reise. Die junge Frau, an deren Namen ich mich nicht mehr erinnern kann, war mir zu Gefallen eingeladen worden und um den Tisch ein wenig abwechslungsreich zu gestalten oder, besser gesagt, damit die beiden gesprochenen Sprachen besser verteilt wären.

Während des Spaziergangs war ich abermals gezwungen, italienisch zu radebrechen, wie ich es das halbe Abendessen lang getan hatte. Während der anderen Hälfte war es französisch gewesen, was ich noch schlimmer geradebrecht hatte, und jetzt war ich es ehrlich gesagt leid, mich niemandem gegenüber richtig ausdrücken zu können. Ich hatte Lust, mich schadlos zu halten, aber an diesem Abend würde es keine Möglichkeit mehr geben, dachte ich, denn bei meiner Rückkehr hätte sich meine Freundin Claudia, die ein überzeugendes Spanisch spricht, bereits mit ihrem reifen, riesigen Ehemann zu Bett begeben, und bis zum nächsten Morgen würde es keine Gelegenheit geben, ein paar gut zurechtgelegte und ausgesprochene Worte zu wechseln. Ich verspürte einen Drang nach sprachlichem Ausdruck, aber ich mußte ihn unterdrücken. Während des Spaziergangs schaltete ich ab; ich ließ die italienische Freundin meiner italienischen Freundin richtig in ihrer Sprache sprechen und beschränkte mich gegen meinen Wunsch und Willen darauf, zu nicken und ab und zu ein „Certo, certo" zu äußern, ohne Aufmerksamkeit, müde vom Wein und der sprachlichen Anstrengung überdrüssig. Während wir so liefen, Atemwölkchen ausstoßend, bekam ich nur mit, daß sie etwas über unsere gemeinsame Freundin sagte, was im übrigen normal war, da wir abgesehen von der siebenköpfigen Zusammenkunft, von der wir kamen, nichts hatten, über das wir uns verständigen konnten. Zumindest glaubte ich das. „Ma certo", kommentierte ich weiter ohne jeden Sinn, während sie, der meine Unterlassungen gewiß nicht entgangen waren, ein wenig für sich selbst oder vielleicht aus Höflichkeit weitersprach. Bis plötzlich, ebenfalls in bezug auf Claudia, ein Satz kam, den ich als Satz sehr gut, aber von der Bedeutung her überhaupt nicht verstand, denn ich verstand ihn ungewollt und losgelöst von jedem Zusammenhang. „Claudia sarà ancora con il dottore" war es, was ihre Freundin nach meinem Verständnis sagte. Ich achtete nicht besonders darauf, denn wir gelangten gerade vor ihre Haustür, und ich hatte es eilig, meine Sprache zu sprechen oder zumindest allein zu sein und an sie zu denken.

Vor dieser Haustür wartete eine Gestalt, und sie fügte hinzu: „Ah no, ecco il dottore", oder etwas Ähnliches. Ich verstand, daß dieser Arzt ihren Mann besuchen kam, der sie wegen Unwohlseins nicht zu dem Abendessen begleitet hatte. Der Arzt war ein Mann in meinem Alter oder fast jung, der sich als Spanier herausstellte. Vielleicht war nur dies der Grund, daß wir einander vorgestellt wurden, wenn auch nur kurz (sie sprachen französisch miteinander, mein Landsmann mit unverwechselbarem Akzent), und obwohl ich gern noch eine Weile mit ihm geplaudert hätte, um mein Verlangen nach korrektem sprachlichem Ausdruck zu befriedigen, forderte die Freundin meiner Freundin mich nicht auf, hinaufzukommen, sondern verabschiedete sich eilig, wobei sie zu verstehen gab oder sagte, daß Dr. Noguera bereits einige Minuten lang dort auf sie gewartet habe. Dieser Arzt und Landsmann trug einen schwarzen Koffer, wie aus einer anderen Zeit, und hatte ein altmodisches Gesicht, wie den dreißiger Jahren entsprungen: ein gutaussehender, aber knochiger, blasser Mann, mit dem blonden, nach hinten gekämmten Haar eines Jagdbomberpiloten. Wie ihn, dachte ich einen Augenblick, muß es in Paris nach dem Krieg viele gegeben haben, republikanische Ärzte im Exil.

Bei meiner Rückkehr in die Wohnung war ich überrascht, noch Licht im Arbeitszimmer brennen zu sehen, an dessen Tür ich auf dem Weg zum Gästezimmer vorbeigehen mußte. Ich steckte meinen Kopf hinein in der Annahme, es handle sich um eine Vergeßlichkeit, bereit, es auszuknipsen, und da sah ich, daß meine Freundin noch auf war, zusammengekauert in einem Sessel, in

Nachthemd und Morgenmantel. Nie hatte ich sie in Nachthemd und Morgenmantel gesehen, obwohl sie mich seit so vielen Jahren jedesmal, wenn ich für ein paar Tage nach Paris kam, in ihren verschiedenen Wohnungen beherbergte: beide Kleidungsstücke waren lachsfarben, ein Luxus. Obwohl der riesige Mann, den sie seit sechs Jahren hatte, sehr vermögend war, war er aufgrund seines Charakters, seiner Nationalität oder seines im Vergleich zu Claudia relativ fortgeschrittenen Alters auch geizig, und meine Freundin hatte oft darüber geklagt, daß sie nie etwas kaufen konnte, es sei denn für die Verschönerung der Wohnung, die groß und bequem und ihr zufolge der einzig sichtbare Ausdruck ihres Reichtums war. In allem übrigen lebten sie bescheidener, als sie es sich erlauben konnten, das heißt, unter ihren Verhältnissen.

Ich hatte fast keinen Umgang mit ihm gehabt, abgesehen von dem einen oder anderen Essen wie dem jenes Abends, Essen, die hervorragend dazu geeignet sind, um mit niemandem Umgang zu haben oder Bekanntschaft zu schließen, den man nicht zuvor schon kennt. Dieser Ehemann, der auf den extravaganten, zweideutigen Namen Hélie hörte (leicht feminin in meinen Ohren), war für mich so etwas wie ein Anhängsel, die Art erträgliches Anhängsel, die sich viele noch immer attraktive, alleinstehende oder geschiedene Frauen gerne zulegen, wenn sie auf die vierzig oder vielleicht fünfundvierzig zugehen: ein verantwortungsvoller und um einiges älterer Mann, mit dessen Interessen sie nichts zu tun haben und mit dem sie nie lachen, der ihnen indes dazu dient, weiterhin Geltung im gesellschaftlichen Leben zu besitzen und Essen mit sieben Tischgästen wie das jenes Abends zu veranstalten. Hélie war auffallend seiner Größe wegen: Er maß fast zwei Meter und war dick, vor allem um die Brust herum, eine Art zyklopischer Kreisel, der in zwei Beinen endete, die so mager waren, daß sie wie ein einziges wirkten; wenn ich ihm im Flur begegnete, schwankte er immer und hielt die Hände weit ausgebreitet, in Wandnähe, um einen Stützpunkt zu haben, wenn er ins Stolpern geriete; bei den Abendessen mußte er zwangsläufig an einem Tischende Platz nehmen, denn sonst wäre die Seite, an der er sich niedergelassen hätte, von seiner maßlosen Gestalt mit Beschlag belegt worden und unausgeglichen gewesen, er allein gegenüber vier eng sitzenden Tischgästen. Er sprach nur französisch, und Claudia zufolge war er eine Leuchte auf seinem Gebiet, welches der Anwaltsberuf war. Nach sechs Jahren Ehe sah ich meine Freundin nicht etwa enttäuscht, denn nie hatte sie Begeisterung gezeigt, sondern außerstande, selbst vor Außenstehenden die Gereiztheit zu verbergen, die uns immer jene einflößen, die in unseren Augen überflüssig sind.

„Was ist los? Du bist noch wach?“ sagte ich, erleichtert, mich endlich in meiner Sprache ausdrücken zu können.

„Ja. Mir geht es sehr schlecht. Gleich kommt ein Arzt.“

„Zu dieser Zeit?“

„Ein Nachtarzt, einer, der Bereitschaftsdienst hat. Ich muß ihn oft nachts rufen.“

„Aber was hast du denn? Du hast mir nichts gesagt.“

Claudia dämpfte die dimmbare Lampe, die neben dem Sessel brannte, so als wollte sie im Halbschatten sein, bevor sie antwortete, oder daß ich ihr unfreiwilliges Mienenspiel nicht erkennen konnte, unsere Gesichter, wenn sie sprechen, sind voll unfreiwilligem Mienenspiel.

„Nichts, Frauengeschichten. Aber es tut mir sehr weh, wenn es kommt. Der Arzt gibt mir eine Spritze, die den Schmerz lindert."

„Aha. Und Hélie könnte nicht lernen, sie dir zu geben?"

Claudia sah mich übertrieben reserviert an, und was sie jetzt dämpfte, war die Stimme, um auf diese Frage zu antworten, sie hatte sie nicht gedämpft, um auf die anderen zu antworten.

„Nein, das kann er nicht. Ihm zittert die Hand zu sehr, ich trau ihm nicht. Wenn er sie mir geben würde, würde sie nicht wirken, da bin ich sicher, vielleicht würde er sich irren und mir etwas anderes spritzen, irgendein Gift. Der Arzt, den sie gewöhnlich schicken, ist sehr nett, und außerdem sind die vom Bereitschaftsdienst dazu da, um spät in der Nacht zu den Leuten nach Hause zu kommen. Er ist übrigens Spanier. Er wird jeden Moment kommen."

„Ein spanischer Arzt?"

„Ja, ich glaube, aus Barcelona. Na ja, ich weiß nicht, ob er nicht vielleicht die französische Staatsangehörigkeit besitzt, er muß sie wohl haben, um seinen Beruf auszuüben. Er ist schon viele Jahre hier."

Claudia hatte ihre Frisur verändert, seit ich das Haus verlassen hatte, um ihre Freundin zu begleiten. Vielleicht hatte sie sich darauf beschränkt, vor dem Schlafengehen den Haarknoten zu lösen, aber was sie jetzt trug, kam mir wie eine Frisur vor, nicht wie das gelöste Haar am Ende des Tages.

„Soll ich dir Gesellschaft leisten, während du wartest, oder bist du lieber allein, wenn du Schmerzen hast?"

fragte ich rhetorisch, denn da sie nun einmal wach war, war ich nicht bereit, ins Bett zu gehen, ohne meinen Wunsch erfüllt zu sehen, ein paar Worte zu wechseln und mich von den abscheulichen Sprachen und vom Wein des Abends zu erholen. Und bevor sie antwortete, fügte ich hinzu, damit sie mir nicht antworten konnte: „Sehr angenehm, deine Freundin. Sie hat mir gesagt, ihr Mann sei krank, eine arbeitsreiche Nacht für die Ärzte dieses Viertels."

Claudia zögerte einige Sekunden, und mir schien, als schaute sie mich erneut reserviert an, während sie nichts sagte. Dann sagte sie, wobei sie mich nicht mehr anschaute: „Ja, sie hat einen Mann, der noch unerträglicher ist als meiner. Ihrer ist jung, wenig älter als sie, aber sie hat ihn seit zehn Jahren, und er ist genauso geizig. Sie verdient nicht genug mit ihrer Arbeit, so wie ich, und er rationiert ihr sogar noch das heiße Wasser. Einmal benutzte er das schon verwendete Wasser der Badewanne, um die Pflanzen zu gießen, die kurz darauf eingingen. Wenn sie zusammen ausgehen, lädt er sie nicht einmal zu einem Kaffee ein, jeder muß seinen bezahlen, weshalb sie manchmal gar nichts bestellt, während er sich einen Imbiß genehmigt. Sie verdient wenig, und er ist einer dieser Männer, die denken, daß derjenige, der in einer Ehe weniger verdient, zwangsläufig den anderen ausnutzt. Er ist besessen davon. Er überwacht ihre Telefonanrufe, in den Apparat hat er eine Vorrichtung eingebaut, die daran hindert, Anrufe außerhalb der Stadt zu machen, wenn sie also mit ihrer Familie in Italien sprechen möchte, dann muß sie in eine Kabine gehen, mit Münzen oder mit der Telefonkarte."

„Warum trennt sie sich nicht?"

Claudia zögerte mit der Antwort.

„Ich weiß nicht, aus dem gleichen Grund, aus dem auch ich mich nicht trenne, obwohl meine Lage nicht so schlimm ist. Ich nehme an, daß es wahr ist, daß sie weniger verdient, ich nehme an, daß es stimmt, daß sie ihn ausnutzt; ich nehme an, daß die Männer recht haben, wenn sie von dem Geld besessen sind, das sie mit ihren weniger verdienenden Frauen ausgeben oder zu sparen vermögen; aber dafür ist die Ehe da, alles findet seinen Ausgleich und wird bezahlt." Claudia dämpfte noch mehr das Licht der Lampe, wir saßen fast im Dunkeln da. Ihr Nachthemd und ihr Morgenmantel wirkten jetzt rot durch die zunehmende Dunkelheit. Auch die Stimme dämpfte sie noch mehr, bis sie nur noch ein zorniges Gemurmel war. „Warum, glaubst du wohl, habe ich diese Schmerzen und muß einen Arzt rufen, damit er mir ein Beruhigungsmittel spritzt? Ein Glück noch, daß es nur an Abenden mit Essen oder Festen passiert, wenn er ißt und trinkt und in guter Stimmung ist. Wenn er gesehen hat, daß andere mich gesehen haben. Er denkt an die anderen und an ihre Augen, an das, was die anderen nicht wissen, aber für ausgemacht halten oder vermuten, und dann will er es wirksam werden lassen, nicht ausgemacht oder vermutet oder nicht gewußt. Nicht imaginär. Dann genügt es ihm nicht, es sich vorzustellen." Sie schwieg einen Augenblick und fügte hinzu: „Dieser Fleischberg ist eine Tortur."

Obwohl unsere Freundschaft schon viele Jahre dauerte, war es zwischen uns nie zu derartigen Vertraulichkeiten gekommen. Nicht, daß es mich gestört hätte, im Gegenteil, nichts habe ich lieber, als zu dieser Art von Enthüllungen zu gelangen. Aber bei ihr war ich nicht daran gewöhnt, deshalb wurde ich vielleicht ein wenig rot (aber sie konnte mich nicht sehen) und antwortete ungeschickt, das heißt, ich brachte sie vielleicht davon ab, weiterzusprechen, das Gegenteil von dem, was ich wollte.

„Ich verstehe."

Die Türklingel ertönte, ein schwaches Klingeln, nur gerade so laut, wie man an einer Wohnung klingelt, in der man darauf eingestellt ist oder auf den Besucher wartet.

„Das ist der Nachtarzt", sagte Claudia.

„Ich laß dich allein. Gute Nacht und gute Besserung."

Wir verließen gemeinsam das Arbeitszimmer, sie ging zum Eingang und ich in die entgegengesetzte Richtung, in die Küche, wo ich vor dem Schlafengehen noch eine Weile Zeitung lesen wollte, nachts war es der wärmste Raum der Wohnung. Aber bevor ich um die Ecke des Flurs bog, der mich dorthin führen würde, blieb ich einen Augenblick stehen und drehte mich um und schaute zur Eingangstür, die Claudia in diesem Moment öffnete, wobei sie mit ihrem lachsfarbenen Rücken die Gestalt des eintreffenden Arztes verdeckte. Ich hörte, wie sie auf spanisch zu ihm sagte: „Guten Abend", und sehen konnte ich nur, in der linken Hand des Arztes, die hinter dem umgedrehten Körper meiner italienischen Freundin hervorragte, einen Koffer, der haargenau dem des anderen Arztes glich, der mir an der Haustür ihrer ebenfalls italienischen Freundin vorgestellt worden war, an deren Namen ich mich nicht erinnern kann. Er wird mit dem Wagen gekommen sein, dachte ich von dem Arzt.

Sie schlossen die Tür und gingen den Flur entlang, ohne

mich zu sehen, Claudia voraus, und ich begab mich in die Küche. Dort nahm ich Platz und schenkte mir Gin ein (blödsinnige Mischung) und faltete die spanische Zeitung auseinander, die ich am Nachmittag gekauft hatte. Sie war vom Vortag, aber für mich waren die Nachrichten neu.

Ich hörte, wie meine Freundin und der Arzt in das Zimmer der Kinder gingen, die das Wochenende mit anderen Kindern in einer anderen Wohnung verbrachten. Dieses Zimmer lag, durch ein langes Stück Flur getrennt, der Küche genau gegenüber, weshalb ich nach einigen Minuten den Stuhl verrückte, auf den ich mich gesetzt hatte, bis ich, aus dem Augenwinkel, den Rahmen seiner Tür sehen konnte. Sie war angelehnt, sie hatten ein sehr schwaches Licht eingeschaltet, so schwach, sagte ich mir, wie das Licht, das das Arbeitszimmer erhellt hatte, während sie und ich uns unterhielten und sie wartete. Ich sah sie nicht, ich hörte auch nichts. Ich vertiefte mich wieder in meine Zeitung und las, aber nach einer Weile wandte ich abermals den Blick ab, weil ich spürte, daß es jetzt eine Anwesenheit im Rahmen seiner Tür, ihrer angelehnten Tür gab. Und in diesem Augenblick sah ich den Arzt, im Profil, mit einer Spritze in seiner linken, erhobenen Hand. Ich sah die Gestalt nur einen Augenblick, denn sie stand im Gegenlicht, ich konnte sein Gesicht nicht sehen. Ich sah, daß er Linkshänder war: Es war der Augenblick, in dem die Ärzte und Praktikanten ihre Spritze in die Höhe halten und ein wenig Druck auf sie ausüben, um festzustellen, daß Flüssigkeit austritt und nicht die Gefahr eines Verschlusses besteht, oder, schlimmer noch, die Gefahr, Luft zu spritzen. So machte es

Cayetano, der Praktikant, bei mir zu Hause, als ich Kind war. Nachdem er diese Bewegung vollführt hatte, tat er einen Schritt nach vorne und verschwand wieder aus meinem Gesichtsfeld. Claudia mußte sich auf das Bett eines der Kinder gelegt haben, von dem sicher das Licht kam, das so schwach für mich war und ausreichend für den Arzt. Ich nahm an, daß die Spritze in die Hinter backen gesetzt wurde.

Ich kehrte zu meiner Zeitung zurück, und es verging zuviel Zeit, bevor sie erneut im Türrahmen erschienen, sie oder der republikanische Arzt, keiner. In diesem Augenblick erfaßte mich ein vages Gefühl von Einmischung, mir kam der Gedanke, daß sie womöglich genau darauf warteten, daß ich mich in mein Zimmer zurückzöge, um herauszukommen und sich zu trennen. Ich dachte auch, daß sie vielleicht, vertieft, wie ich gewesen war in die Lektüre einer polemischen Sportmeldung, in aller Stille herausgekommen waren und ich es nicht gemerkt hatte. Ich versuchte, keinen Lärm zu machen, um auf keinen Fall den alten Hélie zu wecken, der gewiß seit einer Weile schlief, und machte Anstalten, mich zurückzuziehen. Bevor ich mit meiner Zeitung unter dem Arm die Küche verließ, löschte ich das Licht, und das gelöschte Licht und mein sekundenlanges Stillstehen (die Sekunde vor dem ersten Schritt in den Flur) fielen zusammen mit dem erneuten Auftauchen der beiden Gestalten, der meiner Freundin Claudia und der des Nachtarztes, in ihrem Türrahmen. Sie blieben auf der Schwelle stehen, und von meinem Dunkel her sah ich, wie sie forschend in meine Richtung blickten, oder das glaubte ich. In diesem Augenblick, in dem das, was sie sahen, das gelöschte Licht der Küche war, und ich noch nicht die geringste Bewegung gemacht hatte, dachten sie ohne Zweifel, daß ich bereits in mein Zimmer gegangen war, ohne daß sie es gemerkt hatten. Wenn ich sie das glauben ließ, wenn ich tatsächlich, nachdem ich sie gesehen hatte, auch weiterhin nicht die geringste Bewegung machte, dann deshalb, weil der Arzt, noch immer im Gegenlicht, abermals eine Spritze in seiner linken Hand hochhielt und Claudia in ihrem Nachthemd und ihrem Morgenmantel seinen anderen Arm gefaßt hatte, als wollte sie ihm Mut durch ihre Berührung einflößen oder Sicherheit durch ihren Atem. So, ganz im Bann des unmittelbar bevorstehenden Geschehens, taten sie einige Schritte aus dem Kinderzimmer heraus, und ich konnte sie nicht mehr sehen, aber ich hörte, wie die Tür zum ehelichen Schlafzimmer aufging, in dem Hélie sicher schlief, und ich hörte, wie sie geschlossen wurde. Ich dachte, ich würde danach vielleicht die Schritte des Arztes hören, der seinen Weg fortsetzte, nachdem er Claudia an ihr Zimmer gebracht hatte, um die Wohnung zu verlassen, da er seine heilende Aufgabe erfüllt hatte. Aber so war es nicht, das vorletzte, was ich in jener Nacht hörte, war, wie sich die Tür des ehelichen Schlafzimmers schloß, in das sich ruhigen Schrittes und mit einer Spritze in der linken Hand auch ein Nachtarzt hineinbegeben hatte.

Mit großer Vorsicht (ich zog mir die Schuhe aus) ging ich den ganzen Flur entlang, bis ich zu meinem Zimmer kam. Ich zog mich aus, legte mich ins Bett und las die Zeitung zu Ende. Bevor ich das Licht löschte, wartete ich ein paar Sekunden, und in diesen kurzen Sekunden des Wartens hörte ich schließlich die Wohnungstür und die

Stimme Claudias, die den Arzt mit den spanischen Worten verabschiedete: „Also bis in zwei Wochen. Gute Nacht und danke." Um die Wahrheit zu sagen, ich hatte noch immer Lust, ein wenig mehr in meiner Sprache zu sprechen in jener Nacht, in der ich zweimal die Gelegenheit versäumt hatte, es mit einem Arzt und Landsmann zu tun.

Am nächsten Vormittag kehrte ich nach Madrid zurück. Bevor ich die Wohnung verließ, konnte ich Claudia fragen, wie es ihr ging, und sie sagte, gut, die Schmerzen seien vorbei. Hélie dagegen fühle sich unwohl infolge der verschiedenen Exzesse des Vorabends und bitte um Entschuldigung dafür, daß er sich nicht von mir verabschieden könne.

Später sprach ich am Telefon mit ihm (das heißt, er nahm einmal den Hörer ab, als ich in den nächsten Monaten Claudia von Madrid aus anrief), aber das letzte Mal, daß ich ihn sah, war, als ich an jenem Abend seine Wohnung verließ, nach dem Abendessen mit sieben Tischgästen, um die italienische Freundin zu begleiten, an deren Namen ich mich jetzt nicht erinnern kann. Eben weil ich mich nicht an ihn erinnern kann, weiß ich nicht, ob ich mich das nächste Mal, wenn ich in Paris bin, trauen werde, Claudia nach ihr zu fragen, denn jetzt, wo Hélie tot ist, möchte ich nicht das Risiko eingehen, womöglich zu erfahren, daß auch sie seit meiner Abreise Witwe geworden ist.

Das italienische Erbe

Lo stesso

Ich habe zwei italienische Freundinnen, die in Paris leben. Bis vor zwei Jahren kannten sie sich nicht, hatten sie sich nie gesehen, ich stellte sie einander während eines Sommers vor, ich war das Bindeglied, und ich fürchte, daß ich es noch immer bin, obwohl sie sich nicht wiedergesehen haben. Seitdem sie sich kennen, oder besser gesagt, seitdem sie sich gesehen haben und beide wissen, daß ich beide kenne, hat ihr Leben sich zu rasch verändert, nicht so sehr parallel als nacheinander. Ich weiß nicht mehr, ob ich mit der einen brechen soll, um die andere zu befreien, oder meine Beziehung mit der anderen verändern soll, damit diese aus dem Leben jener verschwindet. Ich weiß nicht, was ich tun soll, ich weiß nicht, ob ich reden soll.

Zu Beginn verband sie nichts miteinander, außer ihr gemeinsames beträchtliches Interesse für Bücher und folglich ihre jeweiligen Bibliotheken, die beide das Ergebnis von Geduld, Hingabe und Sorgfalt waren. Giulia, die Freundin, die ich länger kannte, war indes eine Amateurin: Tochter eines alten Botschafters (ein *misino*, das heißt ein Neofaschist), war sie verheiratet, hatte zwei Kinder, vermietete einige ihr gehörende Wohnungen in Rom, lebte davon und arbeitete nicht und verfügte fast über ihre ganze Zeit, um sich ihrer Leidenschaft, dem Lesen, zu widmen und, als Nonplusultra der Geselligkeit, in blasser Nachahmung französischer *salonnières* des 18. Jahrhunderts wie Madame Deffand (die Zeiten geben nicht mehr her) Schriftsteller zu empfangen. Silvia, die Freundin, die ich weniger lange kannte, war dagegen ein Profi:

Sie gab eine Buchreihe heraus, war etwas jünger, unverheiratet, unvermögend und hielt sich mit Interviews und Buchkritiken für die Presse ihres Landes über Wasser; sie empfing niemanden, sondern ging aus, um sich mit den Schriftstellern in Cafés, im Kino, zuweilen zum Abendessen zu treffen. Was mich selbst angeht, obwohl Ausländer für sie und Ausländer in der Stadt, so ging Silvia aus, um mich zu treffen, und Giulia empfing mich bei ihr zu Hause. Wenn Giulia mich empfing, pflegte der Ehemann während dieser Stunden auszugehen, denn er haßte alles Spanische. Er war ein älterer Mann, zwanzig Jahre älter als seine Frau, ebenfalls Schriftsteller (wenn auch Verfasser von Abhandlungen zum Ingenieurswesen), und besaß ein ungewisses Vermögen, dessen Giulia sich mit Maßen bediente. Es gab einen Sommer, in dem der Ehemann längere Zeit aus beruflichen Gründen verreisen mußte. Vom Küchenfenster aus begann Giulia einen jungen Mann zu beobachten, der ein Stockwerk tiefer lebte. Sie sah ihn immer an einem Tisch sitzen, mit Brille und ohne Hemd, anscheinend in sein Studium vertieft. Später begegnete sie ihm im Treppenhaus, und bevor der Ehemann zurückkehrte, waren beide ein Liebespaar, sie schrieben sich Briefe von Briefkasten zu Briefkasten, ohne Absender. Nur einen Monat später verlangte der Mann die Scheidung und verließ die Wohnung. Der Nachbar pendelte hinauf und hinunter.

Zu jener Zeit geschah es, daß die andere Freundin, Silvia, mir ankündigte, daß sie heiraten würde. Einer der älteren Schriftsteller, mit denen sie ins Café oder ins Kino ging, war ihr zu sehr zur Gewohnheit geworden, als daß sie auf ihn hätte verzichten wollen. Er war zwanzig Jahre älter als sie, sehr intelligent (sagte sie), schrieb Abhandlungen über den Islam, besaß ein gewisses Renommee und ein persönliches Vermögen, das er von seiner ersten, vor zehn Jahren verstorbenen Frau geerbt hatte. Das einzige, was mich bereits damals aufhorchen ließ, war, daß er, wie Silvia mir lachend erzählte, alles Spanische haßte, weshalb sie mich vielleicht weiterhin in Cafés oder Kinos würde sehen müssen, wenn ich nach Paris käme. Ich dachte, jener Haß könnte islamisch sein.

Währenddessen führte Giulia, die erste Freundin, mit dem falschen Studenten (die Brille verjüngte ihn, er war ein Mann in den Dreißigern, in ihrem Alter, und hatte eine gute Arbeit als Psychologe eines multinationalen Unternehmens) die Art Leben, die ihr Ehemann aufgrund seines Alters und Charakters nicht hatte führen können oder wollen: Nicht nur im Sommer, wie ein gut Teil der Weltbevölkerung, sondern zu allen Ferienzeiten unternahmen sie komplizierte Reisen zu fernen Orten; im Verlauf von neun Monaten besuchten sie Bali, Malaysia, schließlich Thailand. Es war in Thailand, wo der Psychologe oder falsche Student aus unbekannten Gründen krank wurde, wobei sein Fall so großes Interesse bei den Ärzten des Krankenhauses auslöste, daß sogar der Leibarzt der Königin sich bei ihm einfand, um einen Blick auf ihn zu werfen. Niemand wußte, was er gehabt hatte, aber nach zwei angsterfüllten Wochen wurde er gesund, und sie konnten nach Paris zurückkehren.

Mehr oder weniger zu jener Zeit geschah es, daß Silvia (die Ehe hatte Monate, nicht Jahre gedauert), während ihr islamischer Ehemann infolge eines Sturzes im Treppenhaus ihrer neuen ehelichen Wohnung (so viele

Wohnungen in Paris ohne Fahrstuhl) zur Unbeweglichkeit verurteilt war, in einem Kino (in das sie dieses Mal alleine ging) unverhofft einen jungen Mann ihres Alters kennenlernte, für den sie nach einigen Wochen mehr Kino und Cafés und ehemännlicher Unbeweglichkeit eine so starke Leidenschaft entwickelte, daß ihr nichts anderes übrigblieb, als eine rasche Scheidung ins Auge zu fassen und ihren Irrtum zuzugeben (das heißt, ihre Ungeduld oder ihre Schwäche oder ihre Unterwerfung unter die Gewohnheit oder ihre Resignation). Jener junge Mann war um einiges reicher als der alte Schriftsteller; er war stellvertretender Direktor einer Muschel- und Thunfischkonservenfabrik und mußte ständig in ferne Länder reisen, um Käufe zu tätigen oder obskure Geschäfte zu machen. Mit ihm reiste Silvia nach China und dann nach Korea und später nach Vietnam. Es war in diesem letzten Land, wo der stellvertretende Direktor der Konservenfabrik aus unbekannten Gründen schwer erkrankte, so daß er seine zahlreichen Kauf- und Verkaufsaktionen die zwei unvorhergesehenen Wochen, die seine Rückkehr auf sich warten ließ, aufschieben mußte.

Ich habe nie mit Giulia über Silvia oder mit Silvia über Giulia gesprochen, denn keine der beiden interessiert sich für das Leben anderer Leute; auch scheint es mir nicht zum guten Ton zu gehören, fremden Ohren etwas zu erzählen, was ursprünglich nur für meine bestimmt gewesen ist. Jetzt sind mir jedoch Zweifel gekommen, denn in diesem Sommer habe ich Giulia in Paris besucht, und ihre Lage ist leicht bedrohlich: Seitdem sie vor drei Monaten beschlossen haben, in einer einzigen Wohnung zu leben, hat sich der falsche Student oder Psychologe als ein Typ mit sehr schlechtem Charakter entpuppt; jetzt haßt er Bücher und hat Giulia gezwungen, ihre Bibliothek aufzulösen; er schlägt sie, er ist gewalttätig; und in der letzten Zeit hat sie ihn, während sie sich schlafend stellte, zweimal am Fuß des Bettes gesehen, wo er mit den Fingern die Klinge eines Rasiermessers prüfte (einmal, sagt sie, wetzte er es an einem Abziehriemen, wie früher die Barbiere). Giulia vertraut darauf, daß es etwas Vorübergehendes ist, eine Folgeerscheinung der rätselhaften thailändischen Krankheit oder eine Störung infolge der unerträglichen Hitze dieses endlosen Sommers. Hoffentlich ist es so, aber angesichts der Tatsache, daß Silvia und ihr Konservenfabrikant daran denken, in nur einer Wohnung zu leben, sollte ich vielleicht jetzt mit ihr reden, damit sie wenigstens die Bibliothek rettet und ihren Mann zu überzeugen sucht, daß er einen Rasierapparat benutzt.

Auf der Hochzeitsreise

Meine Frau hatte sich unwohl gefühlt, und wir waren in aller Eile in das Hotelzimmer zurückgekehrt, wo sie sich mit Schüttelfrost und leichter Übelkeit und leichtem Fieber hingelegt hatte. Wir wollten nicht gleich einen Arzt rufen, sondern abwarten, ob es vorbeigehen würde, auch weil wir uns auf der Hochzeitsreise befanden, und auf dieser Reise will man keine Einmischung eines Fremden, auch wenn es sich um eine Untersuchung handelt. Bestimmt war es eine leichte Magenverstimmung, eine Kolik, irgend etwas. Wir befanden uns in Sevilla, in einem Hotel, das durch eine Esplanade, die es von der Straße trennte, vor dem Verkehrslärm geschützt war. Während meine Frau einschlief (sie schien einzuschlafen, kaum daß ich sie ins Bett gelegt und zugedeckt hatte), beschloß ich, mich still zu verhalten, und die beste Art, das zu erreichen und nicht in Versuchung zu geraten, Lärm zu machen oder aus Langeweile mit ihr zu sprechen, war, auf den Balkon hinauszutreten und mir anzusehen, wie die Leute, die Sevillaner, vorbeigingen, wie sie liefen und wie sie gekleidet waren, wie sie sprachen, obwohl ich aufgrund der relativen Entfernung zur Straße nur ein Gemurmel hörte. Ich schaute, ohne zu sehen, wie jemand schaut, der zu einem Fest kommt und weiß, daß die einzige Person, die ihn interessiert, nicht dort sein wird, weil sie zu Hause bei ihrem Mann geblieben ist. Diese einzige Person war bei mir, in meinem Rücken, bewacht von ihrem Ehemann. Ich schaute nach draußen und dachte an drinnen, aber plötzlich machte ich eine einzelne Person aus, und ich machte sie deshalb aus, weil diese Person sich im Unterschied zu den anderen, die einen Augenblick auftauchten und verschwanden, nicht von ihrem

Platz rührte. Es war eine Frau von etwa dreißig Jahren, aus der Ferne gesehen, bekleidet mit einer blauen, fast ärmellosen Bluse und einem weißen Rock und hohen, ebenfalls weißen Schuhen. Sie wartete, ihre Haltung drückte eindeutig Warten aus, denn ab und zu tat sie zwei oder drei Schritte nach rechts oder nach links und ließ beim letzten Schritt leicht den spitzen Absatz über den Boden schleifen, eine Bewegung verhaltener Ungeduld. Über dem Arm trug sie eine große Tasche, wie sie in meiner Kindheit die Mütter trugen, meine Mutter, eine große schwarze Tasche, die altmodisch am Arm hing, nicht über der Schulter, wie sie heute getragen werden. Sie hatte kräftige Beine, die sich fest in den Boden rammten jedesmal, wenn sie nach der winzigen Entfernung von zwei oder drei Schritten und dem über den Boden schleifenden Absatz des letzten Schritts wieder an dem für das Warten erwählten Punkt stehenblieben. Sie waren so kräftig, daß sie von diesen Absätzen absehen konnten oder sie gleichsam assimilierten, sie waren es, die sich in das Pflaster bohrten, wie ein Messer in nasses Holz. Ab und zu winkelte sie ein Bein an, um hinten an sich herunter zu blicken und den Rock glattzustreichen, als fürchtete sie eine Falte, die ihren Hintern entstellen könnte, oder vielleicht zupfte sie durch den Stoff hindurch, der ihn bedeckte, ihren rebellischen Slip zurecht.

Die Dämmerung brach herein, und im allmählich schwindenden Licht erschien sie mir immer einsamer, immer isolierter, immer mehr dazu verurteilt, vergeblich zu warten. Ihre Verabredung würde nicht kommen. Sie blieb in der Mitte des Bürgersteigs, sie lehnte sich nicht an die Hausmauer, wie es Wartende gewöhnlich tun, um die nicht Wartenden und Vorbeigehenden nicht beim Vorbeigehen zu stören, und deshalb hatte sie Schwierigkeiten, den Passanten auszuweichen, jemand sagte etwas zu ihr, sie antwortete zornig und drohte mit der riesigen Tasche.

Plötzlich hob sie den Blick zum dritten Stock, in dem ich mich befand, und mir schien, daß sie zum ersten Mal die Augen auf mich heftete. Sie blickte angestrengt, als wäre sie kurzsichtig oder trüge schmutzige Kontaktlinsen, sie blinzelte ein wenig mit den Augen, um besser sehen zu können, mir schien, daß ich es war, den sie anschaute. Aber ich kannte niemanden in Sevilla, mehr noch, es war das erste Mal, daß ich in Sevilla war, auf meiner Hochzeitsreise mit der, die erst so kurze Zeit meine Frau war, krank in meinem Rücken, hoffentlich war es nichts Ernstes. Ich vernahm ein Murmeln, das vom Bett kam, aber ich wandte den Kopf nicht, denn es war ein Klagen, das aus dem Schlaf kam, man lernt sofort, den Schlafton der Person zu erkennen, mit der man das Bett teilt. Die Frau hatte ein paar Schritte getan, jetzt in meine Richtung, sie überquerte die Straße, den Autos ausweichend, ohne eine Ampel zu suchen, als wollte sie rasch näher kommen, um sich zu vergewissern, um mich besser auf meinem Balkon zu sehen. Sie ging jedoch mühsam und langsam, als wäre sie nicht an die Absätze gewöhnt oder als wären ihre so auffallenden Beine nicht für sie gemacht oder als brächte die Tasche sie aus dem Gleichgewicht oder als wäre ihr schwindlig. Sie ging, wie meine Frau gegangen war, als sie sich unwohl gefühlt hatte, als sie ins Zimmer getreten war, ich hatte ihr geholfen, sich auszuziehen und ins Bett zu legen, ich hatte sie zugedeckt. Die Frau auf der Straße war auf die andere Seite gelangt, jetzt war sie näher, aber noch immer in einiger Entfernung, vom Hotel durch die weite Esplanade getrennt, die es vor dem Verkehrslärm schützte. Sie hatte den Blick noch immer erhoben und schaute zu mir oder in meine Höhe, die Höhe des Gebäudes, in der ich mich befand. Und dann machte sie eine Bewegung mit dem Arm, eine Gebärde, die weder Gruß noch Annäherung war, ich meine, Annäherung an einen Fremden, sondern Aneignung und Erkennen, als wäre ich die Person, auf die sie gewartet und mit der sie sich verabredet hatte. Es war, als wollte sie mich packen mit dieser Armbewegung und dem Geflatter der schnellen Finger, und als würde sie sagen: „Du, komm her" oder „Du gehörst mir". Gleichzeitig rief sie etwas, das ich nicht verstehen konnte, anhand der Bewegung ihrer Lippen verstand ich nur das erste Wort, das „He!" lautete, mit Empörung ausgesprochen, wie der Rest des Satzes, der mich nicht erreichte. Sie kam weiter auf mich zu, jetzt faßte sie sich mit mehr Grund hinten an den Rock, denn es schien, daß derjenige, der ihre Gestalt bewerten sollte, endlich vor ihr war, der Erwartete konnte jetzt den Fall jenes Rockes würdigen. Und in diesem Augenblick konnte ich hören, was sie sagte: „He! Was machst du denn da?" Der Ruf war deutlich vernehmbar jetzt, und ich konnte die Frau besser sehen. Vielleicht war sie älter als dreißig, die noch immer blinzelnden Augen erschienen mir hell, grau oder pflaumenfarben, die Lippen dick, die Nase etwas breit, die Nasenflügel bebten heftig vor Unmut, sie mußte lange Zeit gewartet haben, sehr viel mehr Zeit als vergangen war, seit ich sie ausgemacht hatte. Dann taumelte sie, stolperte und fiel auf den Boden der Esplanade und machte sich sogleich den weißen Rock schmutzig und verlor einen ihrer Schuhe. Mühsam richtete sie sich auf, darum bemüht, nicht mit dem schuhlosen Fuß auf das Pflaster zu treten, als fürchtete sie, sich auch noch die Fußsohle zu beschmutzen, jetzt, da ihre Verabredung da war, jetzt, da ihre Füße sauber sein mußten für den Fall, daß der Mann sie sah, mit dem sie sich verabredet hatte. Es gelang ihr, den Schuh anzuziehen, ohne den Fuß auf den Boden zu stützen, sie klopfte sich den Rock ab und rief: „Was machst du denn da! Warum hast du mir nicht gesagt, daß du schon raufgegangen bist? Siehst du nicht, daß ich schon seit einer Stunde auf dich warte?“ (sie sagte es mit deutlichem sevillanischem Akzent, lispelnd). Und während sie dies sagte, machte sie abermals die Gebärde des Packens, ein heftiger Stoß mit dem nackten Arm in die Luft und das Geflatter der raschen Finger, das ihn begleitete. Es war, als würde sie zu mir sagen „Du gehörst mir“ oder „Ich bring dich um“, und als könnte sie mich mit dieser Bewegung ergreifen und fortschleppen, eine Klaue. Dieses Mal rief sie so laut und war so nah, daß ich fürchtete, sie könnte meine Frau im Bett wecken.

„Was ist?“ sagte meine Frau schwach.

Ich wandte mich um, sie hatte sich im Bett aufgerichtet, mit erschreckten Augen, wie die einer Kranken, die aufwacht und noch nichts sieht und nicht weiß, wo sie ist, noch, warum sie sich so verwirrt fühlt. Das Licht war gelöscht. In diesen Augenblicken war sie eine Kranke.

„Nichts, schlaf weiter“, antwortete ich.

Aber ich ging nicht zu ihr hin, um ihr über das Haar zu streichen oder sie zu beruhigen, wie ich es in jeder anderen Situation getan hätte, denn ich konnte mich nicht vom Balkon entfernen und kaum den Blick von jener Frau wenden, die überzeugt war, mit mir verabredet zu sein. Jetzt sah sie mich deutlich, und es gab keinen Zweifel, daß ich die Person war, mit der sie eine wichtige Verabredung vereinbart hatte, die Person, die sie hatte warten und leiden lassen, die sie mit ihrer langen Abwesenheit beleidigt hatte. „Hast du nicht gesehen, daß ich seit einer Stunde hier auf dich warte? Warum hast du mir nichts gesagt!" kreischte sie jetzt wütend, vor meinem Hotel und unter meinem Balkon stehend. „Du kriegst was von mir zu hören! Ich bring dich um", rief sie. Und abermals machte sie die Bewegung mit dem Arm und den Fingern, die Bewegung, die mich packte.

„Aber was ist denn los?" fragte meine Frau erneut betäubt vom Bett her.

In diesem Augenblick trat ich zurück und lehnte die Balkontüren an, aber bevor ich das tat, konnte ich sehen, wie die Frau auf der Straße mit ihrer riesigen altmodischen Tasche und ihren Stöckelschuhen und ihren kräftigen Beinen und ihrem wiegenden Gang aus meinem Gesichtsfeld verschwand, weil sie bereits das Hotel betrat, entschlossen, zu mir heraufzukommen und die Verabredung stattfinden zu lassen. Ich spürte Leere beim Gedanken daran, was ich meiner kranken Frau sagen könnte, um die Einmischung zu erklären, die stattfinden würde. Wir befanden uns auf unserer Hochzeitsreise, und auf dieser Reise will man keine Einmischung eines Fremden, obwohl ich, glaube ich, kein Fremder war für die Person, die bereits die Treppen heraufkam. Ich spürte Leere und schloß die Balkontür. Dann schickte ich mich an, die Zimmertür zu öffnen.

Zerbrochenes Fernglas

Für Mercedes López-Ballesteros
in San Sebastián

Am Palmsonntag hatten fast alle meine Freunde Madrid verlassen, und ich ging zur Pferderennbahn, um dort den Nachmittag zu verbringen. Während des zweiten Rennens, das noch nicht weiter von Interesse war, stieß eine Person, die sich mir zur Linken befand, unabsichtlich mit dem Ellbogen gegen meinen Ellbogen, als sie mit einer jähen Bewegung das Fernglas an die Augen hob, um die Schlußgerade besser sehen zu können. Ich schaute bereits, ich hatte meines schon vor den Augen, und der Stoß bewirkte, daß es zu Boden fiel (immer vergesse ich, es mir um den Hals zu hängen, und dafür bezahle oder bezahlte ich an jenem Tag, denn eines der Gläser zerbrach, das Fernglas auf den Stufen, obwohl es nicht weiter rollte, es blieb auf dem Boden liegen, still und zerbrochen). Der Mann bückte sich noch vor mir, um es aufzuheben, er war es, der mir den Schaden meldete, während er sich gleichzeitig entschuldigte.

„Oh, entschuldigen Sie", sagte er. Und dann: „Ach Gott, es ist zerbrochen, so ein Pech."

Ich sah ihn gebückt, und das erste, was ich an ihm bemerkte, war, daß er Manschettenknöpfe trug, was man heutzutage selten sieht, nur Leute, die sehr spießig oder altmodisch sind, wagen es, sie anzulegen. Als zweites sah ich, daß er eine Pistole mit dem dazugehörigen Futteral trug, rechts am Oberkörper (er war wohl Linkshänder), beim Bücken bauschten sich die Schöße des Jacketts, und ich konnte den Griff sehen. Das sieht man noch seltener, er wird ein Polizist sein, dachte ich sogleich. Dann, als er sich aufrichtete, stellte ich fest, daß er ein sehr hochgewachsener Mann war, er überragte mich um einen Kopf; er mochte etwa dreißig Jahre alt sein und trug Koteletten, gerade, aber zu lang, noch ein altmodischer Zug, vor fünfzehn Jahren oder aber vor einem Jahrhundert wären sie mir nicht aufgefallen. Vielleicht trug er sie, um seinen Kopf, der länglich und klein war, einzurahmen und zu vergrößern, er wirkte wie ein Streichholz.

„Ich werde Ihnen die Reparatur bezahlen", sagte er bestürzt. „Da, erstmal leihe ich Ihnen meines. Wir sind erst beim zweiten Rennen."

Das zweite Rennen war in Wirklichkeit bereits beendet. Wir hatten nicht mitbekommen, wer gewonnen hatte, daher wagte ich nicht, meine Wettscheine einzureißen, die ich, wie wir alle, in der Hand hielt, um sie sogleich zu zerreißen und auf den Boden zu werfen, wenn wir verloren haben, und auf diese Weise sofort die irrtümliche Vorhersage zu vergessen. In diesem Augenblick hielt ich auch mein zerbrochenes Fernglas in der Hand (ich hatte es unlängst in einem Flugzeug gekauft, mitten im Flug) und das heile des Mannes, er hatte es mir im gleichen Augenblick überreicht, da er mir die Leihgabe ankündigte, ich hatte es automatisch entgegengenommen, damit es nicht auch noch auf die Stufen fiele. Als er meine Verlegenheit bemerkte, nahm er mir die Wettscheine ab, steckte sie mir in die äußere Brusttasche meines Jacketts und klopfte dann leicht mit der Hand dagegen, wie um mir zu verstehen zu geben, daß sie in Sicherheit waren.

„Aber wenn Sie mir Ihres geben, was machen Sie dann?" sagte ich zu ihm.

„Wir können es uns teilen, wenn es Ihnen nichts ausmacht, daß wir die Rennen zusammen sehen", antwortete er. „Sind Sie allein?"

„Ja, ich bin allein gekommen."

„Es ist nur so", fügte der Mann hinzu, „daß wir sie alle von hier aus sehen müßten. Ich habe Wacheinsatz, heute muß ich hier sein, ich kann mich nicht fortrühren."

„Sind Sie Polizist?"

„Nein, ach wo, ich würde Hungers sterben, ein Drecksjob, ich kenne einige, glauben Sie, ich könnte diese Kleidung tragen, wenn ich Polizist wäre? Schauen Sie mich an."

Und bei diesen Worten breitete der Mann die Arme aus und trat einen Schritt zurück, die Hände offen wie die eines Zauberers. In Wahrheit war er sehr schlecht gekleidet (für meinen Geschmack), wenn auch mit teurer Kleidung: ein zweireihiger Anzug (aber mit offenem Jackett, wie ich schon sagte) in einem unglaublichen grünlichen Grau, allem Anschein nach schwer zu bekommen; das Hemd, das für diese Zeiten sehr steif wirkte, rosenholzfarben, so fürchte ich, nicht häßlich an sich, aber unpassend für einen so großen Mann; die Krawatte ein unbegreifliches Durcheinander (Vögel, Insekten, häßliche Mirós, Katzenaugen), in dem Gelb vorherrschte; das merkwürdigste war das Schuhwerk: weder geschnürte Schuhe noch Mokassins, sondern kindliche Stiefelchen, die ihm bis zum Knöchel reichten, er hielt sie vermutlich für modern, der Rest sollte wahrscheinlich halbklassisch sein. Die Manschettenknöpfe waren anscheinend gut, vielleicht von Durán, sie glänzten ordentlich, sie hatten die Form eines Blattes. Er war kein diskreter Mensch, auch kein Original, bestimmt hatte man ihm nicht beigebracht, die Dinge zu kombinieren, das war alles.

„Ich sehe“, sagte ich, ohne zu wissen, was ich sagen sollte. „Und was müssen Sie bewachen?“

„Ich bin Leibwächter“, antwortete er.

„Aha, und wen bewachen Sie?“

Der Mann nahm mir das Fernglas aus der Hand, das er mir gerade geliehen hatte, und schaute mit ihm zur offiziellen Tribüne, die sich in geringer Entfernung befand (das Glas war eigentlich nicht nötig, um sie auszumachen). Dann gab er es mir zurück. Er wirkte erleichtert.

„Nein, er ist noch nicht da, es ist noch Zeit. Wenn er kommt, dann erst zum vierten Rennen, um die Freunde zu begrüßen. Was ihn wirklich interessiert, ist das fünfte, wie alle hier, und er hat keine Zeit, um sie totzuschlagen, ich meine, Sie sind bestimmt früh gekommen, um sich die Zeit zu vertreiben. Er dagegen macht bestimmt Geschäfte per Telefon oder hält einen Mittagsschlaf, um auf Draht zu sein. Ich bin vorausgegangen, um zu sehen, wie der Nachmittag ist, um zu sehen, ob dicke Luft herrscht, und Stellung zu beziehen.“

„Dicke Luft? Was meinen Sie damit? Was kann denn hier passieren?“

„Höchstwahrscheinlich nichts, aber es muß immer jemand vorausgehen. Und jemand hinterher, mit ihm, natürlich. Ich gehe gewöhnlich eher voraus. Zum Beispiel, wenn wir in ein Restaurant oder in ein Kasino gehen oder auf ein Bier in ein Lokal an der Landstraße einkehren, ich gehe immer als erster hinein, um zu sehen, wie die Lage ist. Man weiß nie, wenn man in ein öffentliches Lokal geht, in diesem Augenblick können sich zwei Typen gerade den Schädel einschlagen. Normal ist es nicht, aber Sie wissen ja, ein Kellner, der den Wein verschüttet hat, und ein Gast mit schlechtem Charakter, der ihm vielleicht an die Gurgel fährt. He, Sie werden doch nicht wollen, daß mein Chef das sieht oder in die Affäre hineinverwickelt wird. So eine Flasche fliegt rasch durch die Luft, wissen Sie. Im Laufe des Tages fliegen in Madrid sehr viel mehr Flaschen, als Sie sich vorstellen können, Messer werden gezückt, die Leute prügeln sich, die Leute sind äußerst reizbar. Und wenn mitten in all dem der Reichtum auftaucht, dann halten alle inne und denken: ‚Der Reichtum soll bezahlen.' Die Kerle, die sich in den Haaren liegen, sind imstande, sich im Nu zu einigen und auf den Reichtum einzuschlagen. ‚Zum Teufel mit dem Reichtum.' Man muß höllisch aufpassen, höllisch."

Der Mann hob den Finger an sein Auge.

„Ja?" sagte ich. „So reich ist Ihr Chef? Sieht man es ihm so sehr an?"

„Es steht ihm ins Gesicht geschrieben, er hat das Gesicht eines reichen Mannes. Auch wenn er sich drei Tage lang den Bart stehen ließe und sich wie ein Bettler kleidete, würde man an seinem Gesicht sehen, daß er reich ist. Was gäbe ich nicht für dieses Gesicht. Wenn wir ein Luxusgeschäft betreten, dann gehe ich voraus, wie immer. Und obwohl ich gut gekleidet bin, sehen mich die Angestellten schief an, sobald sie mich erblicken, oder sie beachten mich nicht, sie tun, als hätten sie mich nicht gesehen, sie machen sich daran, andere Kunden zu bedienen, um die sie sich bis zu diesem Augenblick auch keinen Dreck gekümmert hatten, oder in Schubladen zu wühlen, als wären sie mit der Inventur befaßt. Ich richte nicht das Wort an sie, ich kontrolliere, ob alles in Ordnung ist, und dann gehe ich zur Tür zurück, um sie dem

Chef aufzumachen, damit er hereinkommen kann. Und sobald sie sein Gesicht sehen, lassen die Angestellten von den Kunden und den Schubladen ab, um ihn mit ihrem Lächeln zu bedienen."

„Liegt es nicht daran, daß Ihr Chef berühmt ist, wenn er so reich ist, und sie ihn erkennen?"

„Ja, kann sein", sagte der Leibwächter, als hätte er nicht daran gedacht. „Er wird allmählich ein bißchen berühmt. Er ist von der Bank, wissen Sie? Ich sage nicht, wer, aber er ist von der Bank. Aber hören Sie, gehen wir ein bißchen zum Paddock, wir müssen allmählich unsere Wetten für das dritte abschließen."

Wir gingen hin, und auf dem Weg rissen wir endlich unsere Wettzettel ein, aus, auf den Boden, nachdem wir festgestellt hatten, daß wir verloren hatten. Ich begegnete einem Philosophen, der keinen Sonntag fehlt, auch dem Admiral Almira (sein schicksalhafter, unvollständiger Name) und seiner hübschen, unverdienten Ehefrau, die mich mit einer Kopfbewegung grüßten, ohne das Wort an mich zu richten, vielleicht schämten sie sich, mich in Gesellschaft jenes leicht riesenhaften Individuums zu sehen, ich reichte ihm nur bis an die Schultern. Ich trug jetzt sein Fernglas um den Hals und in der Hand mein zerbrochenes, meines ist klein und stark, seines war ziemlich groß und sehr schwer, der Riemen zog an meinem Hals, aber ich konnte nicht das Risiko eingehen, daß es ebenfalls zu Boden fiel. Während wir zusahen, wie die Pferde im Kreis geführt wurden, sah ich dem Leibwächter an, daß er mich fragen wollte, was ich im Leben tat, und da ich keine Lust hatte, über mich zu reden, kam ich ihm zuvor und sagte:

„Na, was meinen Sie zu Nummer 14?"

„Sieht rassig aus", sagte er. So äußern sich immer diejenigen über Pferde, die nichts davon verstehen. „Ich glaube, ich werde auf es setzen."

„Also ich nicht, ich finde es ein bißchen nervös. Es kann sogar in den Startboxen zurückbleiben."

„Ja? Glauben Sie?"

„Hier gilt das Gesicht des Reichen nicht."

Der Mann brach in Lachen aus. Es war ein unvermitteltes Lachen, ohne den geringsten vorherigen Gedanken daran, das Lachen eines noch ungeschliffenen Mannes, das Lachen eines Mannes, der nicht an Schicklichkeit denkt. Es war nicht besonders komisch, was ich gesagt hatte. Gleich darauf nahm er mir sein Fernglas ab, ohne mich um Erlaubnis zu bitten, und schaute mit ihm rasch in Richtung offizielle Tribüne, die man vom Paddock aus nicht sehen konnte. Mein Nacken bekam es zu spüren, der Mann zog zu sehr am Riemen, eine Spur.

„Na, er ist nicht gekommen", sagte ich.

„Nein, zum Glück", antwortete er intuitiv, nehme ich an.

„Macht er Ihnen viel Arbeit? Ich meine, ob Sie oft eingreifen müssen, im Ernst, mit Gefahr."

„Nicht so oft, wie ich es gern wollte, sehen Sie, das ist eine Arbeit, bei der man sehr angespannt ist und zugleich untätig, man muß ständig auf der Hut sein, schnell sein ist alles, ein paarmal habe ich mich auf illustre Personen gestürzt, die nichts anderes wollten, als meinen Chef zu begrüßen. Ich habe ihnen die Arme auf den Rücken gedreht und sie ohne jeden Grund festgehalten, sie haben auch schon mal tüchtig was abgekriegt. Ich habe mir Ärger damit eingehandelt. Man muß also sehr aufpassen, man darf auch nicht vorschnell handeln. Man muß Absichten erraten, das ist es. Dann passiert fast nie etwas, und es wird schwierig, ständig wachsam zu sein, wenn man das Gefühl hat, daß es in Wirklichkeit nicht nötig ist."

„Klar, Sie werden in Ihrer Wachsamkeit nachlassen."

„Nein, ich lasse nicht nach, aber es kostet mich Mühe, mich zu zwingen. Mein Kollege, der mit ihm kommt, wenn ich vorausgehe, läßt sehr viel mehr nach, ich merke das. Manchmal schimpfe ich ein bißchen mit ihm. Er läßt sich von tragbaren Videospielen ablenken, während er wartet, er hat dieses Laster. Und das darf nicht sein, verstehen Sie?"

„Ich verstehe. Und er, der Chef, wie behandelt er Sie beide?"

„Na ja. Für ihn sind wir unsichtbar, er versagt sich nichts, nur weil wir dabei sind. Ich habe ihn sogar Schweinereien machen sehen."

„Schweinereien? Was denn für welche?"

Der Leibwächter faßte mich am Arm, um zu den Wettschaltern zu gehen. Jetzt war ich es, der sich schämte, in dieser Weise mit einem so großen Mann zu gehen. Seine Art, mich am Arm zu fassen, war beschützend, vielleicht war er unfähig, mit den Leuten eine andere Form von Kontakt zu knüpfen: er beschützte. Er schien einen Augenblick zu zögern. Dann sagte er:

„Na ja, mit Weibern, im Auto, zum Beispiel. Um die Wahrheit zu sagen, er ist ziemlich schmutzig, sein Kopf ist ein bißchen schmutzig, wissen Sie?" Er berührte seine Stirn. „Sagen Sie mal, Sie sind doch wohl nicht Journalist."

„Nein, das versichere ich Ihnen."

„Schön."

Ich setzte auf Nummer 8 und er auf Nummer 14, er war ein eigensinniger oder abergläubischer Mensch, und wir kehrten zu den Stufen zurück. Wir setzten uns hin, in Erwartung des Beginns des dritten Rennens.

„Wie machen wir es mit dem Fernglas?"

„Ich sehe mir den Start an und Sie den Zieleinlauf, wenn Sie einverstanden sind", antwortete er. „Ich bin in Ihrer Schuld."

Er nahm mir abermals das Fernglas ab, ohne es zuvor über meinen Kopf zu heben, aber jetzt waren wir dicht nebeneinander, und er mußte nicht am Riemen ziehen. Er schaute eine Sekunde lang zur Tribüne und legte es dann wieder auf meine Knie. Ich sah seine Stiefelchen an, sie waren unpassend, sie gaben seinen sehr großen Füßen ein kindliches Aussehen. Er erregte sich während des Rennens und rief der Nummer 14 zu: „Los, *Narnia*, zeigs ihnen!" Es war nicht in den Startboxen geblieben, hatte jedoch einen schlechten Start und ging nur als vierter ins Ziel. Meine Nummer 8 wurde zweiter, weshalb wir unsere Wettzettel mit saurer Miene einrissen, wie man es tun muß: zum Teufel damit.

Plötzlich sah ich ihn niedergeschlagen, es konnte nicht wegen der Wette sein.

„Ist etwas mit Ihnen?" fragte ich ihn.

Er antwortete nicht gleich. Er sah auf den Boden, auf die zerrissenen Wettzettel, den so langen Brustkorb vorgeneigt, den Kopf fast zwischen den gespreizten Beinen, als wäre ihm übel geworden und als träfe er Vorkehrungen, um, wenn er sich übergeben müßte, nicht die Hosen zu beflecken.

„Nein“, sagte er schließlich. „Nur, das war das dritte Rennen, mein Chef wird jeden Augenblick mit meinem Kollegen kommen, wenn sie kommen. Und wenn sie kommen, bin ich dran.“

„Sie müssen hierbleiben, um zu wachen, nicht?“

„Ja, ich muß hierbleiben. Macht es Ihnen was aus, mir Gesellschaft zu leisten? Na ja, wenn Sie zum Paddock zurückgehen und wetten möchten, dann gehen Sie ruhig und kommen dann zum Rennen zurück. Ich behalte inzwischen das Fernglas, falls was passiert.“

„Ich werde schnell wetten gehen. Ich brauche die Pferde nicht zu sehen.“

Er gab mir zehntausend Peseten für ein Doppel und fünftausend für den Gewinner, ich ging hinunter, um meine Wetten abzuschließen, ich brauchte nicht lange, es gab noch keine Schlange. Als ich zu den Stufen zurückkehrte, saß der Leibwächter noch immer mit hängendem Kopf da, er wirkte nicht wach. Er strich sich gedankenverloren über die Koteletten.

„Ist er schon da?“ fragte ich, um etwas zu sagen.

„Nein, noch nicht“, antwortete er, den Blick hebend und gleich darauf das Fernglas in Richtung Tribüne. Das hatte sich in eine fast automatische Geste verwandelt. „Es kann noch immer sein, daß ich nicht dran bin.“

Der Mann war nach wie vor niedergeschlagen, er hatte auf einmal seine ganze Offenherzigkeit verloren, als wäre er trübsinnig geworden. Er plauderte nicht mehr mit mir, noch beachtete er mich. Ich war versucht, ihm zu sagen, daß ich mir dieses Rennen lieber vom Rand der Rennbahn aus anschauen würde, wo ich gut ohne Fernglas auskäme, und ihn zu verlassen. Aber ich fürchtete um seine Arbeit. Er war abwesend, alles, nur nicht wachsam, gerade als er dran war.

„Sind Sie sicher, daß nichts mit Ihnen ist?" sagte ich und dann, vor allem, um ihn an seine unmittelbar bevorstehende Aufgabe zu erinnern: „Möchten Sie, daß ich für Sie aufpasse, wenn Ihnen nicht wohl ist? Wenn Sie mir sagen, wer Ihr Chef ist ..."

„Es gibt nichts aufzupassen", antwortete er. „Ich weiß, was heute nachmittag passieren wird. Oder vielleicht ist es schon passiert."

„Was denn?"

„Sehen Sie, man faßt keine Zuneigung zu dem, der einen bezahlt, damit man ihn beschützt. Mein Chef, das habe ich Ihnen schon gesagt, weiß nicht mal, daß ich existiere, er kennt kaum meinen Namen, für ihn bin ich Luft gewesen in den letzten beiden Jahren, und ab und zu hat er mir die Leviten gelesen, weil ich in meinem Eifer zu weit gegangen war. Er gibt Befehle, und ich führe sie aus, er sagt mir, wo und wann er mich will, und da geh ich hin, zur angegebenen Zeit und zum angegebenen Ort. Das ist alles. Ich sorge dafür, daß ihm nichts passiert, aber ich fühle keine Zuneigung für ihn. Mehr als einmal habe ich daran gedacht, mich an ihm zu vergreifen, um die Spannung zu mildern und mich notwendig zu fühlen, um selbst die Gefahr zu schaffen. Nichts Ernstes, eine kleine Abreibung in der Garage, mit ein bißchen Komödie, mich in meiner Freizeit auf die Lauer legen und den Angreifer spielen. Ihm einen Schrecken einjagen. Ich konnte mir nicht vorstellen, daß ein Tag kommen würde, an dem wir ihm wirklich den Garaus machen müßten."

„Den Garaus? Wer?“

„Mein Kollege und ich. Na ja, entweder er oder ich. Vielleicht hat er es ja schon getan, hoffentlich. Wenn es so ist, dann wird der Chef auch zu diesem Rennen nicht erscheinen, er wird nicht aus dem Haus gegangen sein, sondern auf dem Teppich liegen oder im Kofferraum. Aber wenn er kommt, sehen Sie, dann deshalb, weil er es nicht gekonnt hat, und dann bin ich dran, nach dem Pferderennen, im Wagen, während mein Kollege fährt. Ein Strick oder ein Schuß fernab von der Straße. Hoffentlich kommen sie nicht, ich sag Ihnen ja, ich fühle keine Zuneigung für ihn, aber die Vorstellung, die Sache zu übernehmen ... Das macht mir zu schaffen.“

Ich dachte, er würde scherzen, aber bis zu diesem Augenblick war er mir nicht als ein Mensch erschienen, der zu Scherzen neigte, eher wirkte er unfähig dazu, deshalb – hatte ich flüchtig gedacht – hatte er so heftig gelacht, als ich einen machte, der nicht besonders komisch war. Leute, die keine Scherze zu machen verstehen, sind ganz überrascht, daß andere welche machen, und reagieren dankbar.

„Ich weiß nicht, ob ich Sie verstehe“, sagte ich.

Der Leibwächter zupfte sich noch immer ohne jede Scham die Koteletten. Er schaute mich aus dem Augenwinkel an und verharrte so: den Blick auf mich geheftet, aber aus dem Augenwinkel.

„Natürlich verstehen Sie mich, es ist doch recht deutlich, was ich gesagt habe. Ich sage Ihnen noch einmal, ich fühle keine Zuneigung für ihn, aber ich wäre erleichtert, wenn sie nicht kämen, wenn mein Kollege es bereits getan hätte.“

„Warum tun Sie das?"

„Das ist eine lange Geschichte. Für Geld, na ja, nicht nur, manchmal bleibt nichts anderes übrig, manchmal muß man Dinge tun, die einen anwidern, aber man muß sie tun, weil es schlimmer ist, sie nicht zu tun, ist Ihnen das nie passiert?"

„Doch, das ist mir passiert", sagte ich, „aber nicht so schwerwiegende Dinge, nehme ich an." Ich schaute verstohlen zur offiziellen Tribüne, eine vergebliche Geste von meiner Seite. „Wenn all das wahr ist, warum erzählen Sie es mir dann?"

„Bah, das ist doch gleich. Sie werden das niemandem erzählen, auch wenn Sie es morgen in der Zeitung lesen. Niemand holt sich gern Schwierigkeiten an den Hals; wenn Sie mit der Geschichte kommen, dann haben Sie die Scherereien und den Ärger. Und vielleicht die Drohungen. Niemand erzählt etwas, wenn er nicht irgendeinen Nutzen daraus zieht. Deshalb hilft der Polizei kein Schwein, die sollen allein zurechtkommen, denken alle. Und keiner sagt was. Sie werden es genauso machen, heute hab ich keine Lust, Geheimnisse zu haben."

Ich nahm ihm das Fernglas ab und schaute abermals zur Tribüne, jetzt mit der Naheinstellung. Sie war fast leer, bestimmt waren sie alle in der Bar oder am Paddock, es fehlten noch ein paar Minuten bis zum Start. Die Geste war noch vergeblicher, denn ich kannte seinen Chef nicht, obwohl ich ihn vielleicht am Gesicht eines reichen Mannes erkennen könnte, wenn ich es sah.

„Ist er da?" fragte er mich furchtsam, während er auf die Rennbahn schaute.

„Ich glaube nicht, es ist fast niemand da. Schauen Sie."

„Nein, ich warte lieber. Wenn das Rennen beginnt, wenn alle kommen. Sagen Sie mir Bescheid?"

„Ja, ich sage Ihnen Bescheid."

Wir schwiegen. Ich schaute abermals seine Stiefel an (jetzt die Füße dicht zusammen), und er schaute sich die Manschettenknöpfe an, rosenholzfarben das Hemd, die Manschettenknöpfe einzelne Tabakblätter. Plötzlich ertappte ich mich bei dem Wunsch, daß ein Mensch gestorben sein möge, daß sein Chef schon tot sein möge. Ich ertappte mich dabei, daß mir dies lieber war, damit er ihn nicht umzubringen brauchte. Wir bemerkten allmählich, daß sich die Stufen füllten, die Leute umdrängten uns, wir mußten aufstehen, um Platz zu machen.

„Nehmen Sie das Fernglas", sagte ich zu ihm, „wir hatten ausgemacht, daß Sie den Start anschauen." Und ich reichte es ihm.

Der Leibwächter nahm es und hob es jäh an die Augen, mit der gleichen Bewegung, wie sie meines zuschanden gemacht hatte. Ich sah, wie er es auf die Startboxen einstellte, und als die Pferde kurz davor waren, herauszuschießen, richtete er das Fernglas ein paar Sekunden lang auf die Tribüne. Ich hörte ihn zählen:

„Eins, zwei, drei, vier, fünf, sechs, sieben, acht, neun, zehn. Er ist nicht gekommen", sagte er.

„Sie starten schon", sagte ich.

Er schaute wieder auf die Rennbahn, und als die Pferde in die erste Kurve gingen, hörte ich ihn rufen:

„Los, *Caronte*, los! Auf, *Caronte*, vorwärts!"

Trotz seiner fröhlichen Erregung war er gewissenhaft genug, um mir das Fernglas zu reichen, als die Pferde in die letzte Kurve gingen. Er war ein rücksichtsvoller Mann, er hielt sich an sein Versprechen, mich den Zieleinlauf sehen zu lassen. Ich hob es an die Augen und sah, wie *Caronte* mit einer halben Länge vor *Heart So White* gewann, der zweiter wurde: Gewinner und Doppel meines Begleiters an jenem Nachmittag. Ich dagegen würde einmal mehr meine Wettzettel einreißen müssen, auf den Boden damit.

Ich ließ das Fernglas sinken und war überrascht, keinen Freudenruf von ihm zu hören.

„Sie haben gewonnen“, sagte ich.

Aber er hatte den letzten Teil des Rennens wohl nicht verfolgt, er hatte es wohl nicht mitbekommen. Er schaute mit seinen eigenen Augen, ohne fremde Hilfe, zur Tribüne. Er war still. Er wandte sich mir zu, ohne mich anzusehen, als wäre ich ein Unbekannter. Ich war ein Unbekannter. Er knöpfte sich das Jackett zu. Sein Gesicht hatte sich abermals verdüstert, es war fast verzerrt.

„Da sind sie, sie sind gekommen. Sie sind zum fünften gekommen“, sagte er. „Tut mir leid, ich muß zu ihnen gehen, er wird mir Instruktionen geben wollen.“

Er sagte nichts weiter, er verabschiedete sich nicht. In wenigen Sekunden drängte er sich durch die Leute, und ich sah ihn von hinten, wie er sich mit seinem riesigen Körper zur Tribüne hin entfernte. Im Gehen befühlte er das Jackett seitlich über der Taille, er trug die Pistole in ihrem Futteral. Er hatte mir sein Fernglas dagelassen. Ich riß meine Wettzettel ein, aber nicht die seinen, die gewonnen hatten. Ich steckte sie in die Tasche, ich dachte, er würde sie nicht einlösen wollen.

Unvollendete Gestalten

Ich weiß nicht, ob ich erzählen soll, was Custardoy kürzlich passiert ist. Soviel ich weiß, war es das einzige Mal, daß er Skrupel hatte, oder vielleicht war es Mitleid. Na ja, ich werde es tun.

Custardoy ist Kopist und Bilderfälscher. Die Aufträge für seine zweite Tätigkeit, die besser bezahlte, werden immer weniger, weil die neuen Untersuchungstechniken den Betrug fast unmöglich machen, zumindest gegenüber Museen. Vor ein paar Monaten trat ein Privatmann an ihn heran: Ein ruinierter Neffe wollte seiner Tante, die, versteckt in ihrem Haus am Meer, einen kleinen, unvollendeten Goya besaß, eine Fälschung unterschieben. Er konnte nicht einmal mehr ihren Tod abwarten, denn die Tante hatte ihm mitgeteilt, daß sie ihm das Haus hinterlassen würde, während sie beschlossen habe, den Goya einem kleinen Hausmädchen zu vererben, das bei ihr aufgewachsen war. Dem Neffen zufolge war die Tante schwachsinnig.

Custardoy war bereit, ausgehend von Fotografien und von dem Gutachten zu arbeiten, das Jahre zuvor ein Experte angefertigt hatte, aber er bat darum, das Bild wenigstens einmal sehen zu dürfen, um zu prüfen, ob der Tausch machbar wäre, und zu diesem Zweck wurde er von dem Neffen, der Cámara hieß und die Tante selten besuchte, eingeladen, ein Wochenende in dem Haus am Meer zu verbringen. Die Tante lebte allein mit dem jungen Dienstmädchen, fast noch ein Kind, dem sie die Schulbücher und die Federbüchsen kaufte; das Mädchen ging jeden Morgen in die Schule in Port de la Selva, kehrte zum Mittagessen zurück und verbrachte den Rest des Tages und den Abend damit, darauf zu warten, daß es der

Hausherrin einfallen könnte, ihr irgendeine Verrichtung aufzutragen. Die Tante, deren Familienname Vallabriga lautete, verbrachte die Tage und Abende vor dem Fernseher oder mit Telefongesprächen mit längst verblaßten Freundinnen aus Barcelona. Mehr als ihren vor zehn Jahren verstorbenen Ehemann vermißte sie denjenigen, den sie auch zu Lebzeiten des Ehepartners schon vermißt hatte, einen schmachtenden Verehrer, der in ihrer Jugend mit einer anderen fortgegangen war, eine winzige, ferne Obsession. Sie hatte einen dreibeinigen Hund, das rechte Hinterbein hatte man ihm amputiert, nachdem er eine Nacht mit ihm zerquetscht in einer Kaninchenfalle gelegen hatte. Niemand hatte ihn befreit, die Leute der Umgebung hatten sein Geheul für das des Wolfs gehalten. Vom Blick dieses Hundes, so der Neffe, sagte die Tante, daß er sie an den des verlorenen, leidenden Liebsten erinnere. „Völlig schwachsinnig", fügte der Neffe hinzu. Mit diesem Tier und mit dem kleinen Dienstmädchen pflegte Señora Vallabriga lange Spaziergänge am Meer zu machen, drei unvollendete Gestalten, das Mädchen seines kindlichen Alters wegen, der Hund seiner Verstümmelung wegen, die Tante ihrer falschen und ihrer echten Witwenschaft wegen.

Obwohl Custardoy sein Haar in einem Pferdeschwanz und lange Koteletten und Schuheinlagen trug (eine schlecht verstandene Modernität, ein verwerflicher Anblick außerhalb der Städte), wurde er freundlich aufgenommen; die Tante konnte in altmodischer Weise kokettieren, und das Mädchen hatte was zu tun. Nach dem Abendessen ging die Tante mit Custardoy und dem Neffen Cámara den Goya anschauen, den sie in ihrem

Schlafzimmer aufbewahrte, *Doña María Teresa de Vallabriga*, eine entfernte Vorfahrin ohne die geringste Ähnlichkeit mit ihrer ungeraden Nachfahrin. „Ist es möglich?" fragte Cámara Custardoy mit leiser Stimme. „Ich sag's dir morgen", sagte Custardoy und lauter: „Es ist ein gutes Bild, schade nur, daß der Hintergrund unfertig ist", und er examinierte es aufmerksam, obwohl das Licht nicht gut war. Dieses Licht erhellte besser das Bett. ‚Dieses Bett wird seit zehn Jahren unbesucht sein', dachte er, ‚oder vielleicht schon länger.' Custardoy denkt immer an das, was die Betten enthalten.

In dieser Nacht gab es ein Unwetter, und Custardoy hörte von seinem Zimmer im zweiten Stock aus den lahmen Hund bellen. Er erinnerte sich an die Falle, aber dieses Mal lag es wohl nicht daran, sondern an den Donnerschlägen. Er ging ans Fenster, um zu sehen, ob der Hund in Sichtweite war, und da sah er ihn, dicht am verregneten Meer - Schrotkörner gegen eine unruhige Leinwand -, aufgepflanzt wie ein Dreifuß, den Zickzack der Blitze anbellend, als erwartete er sie. ‚Vielleicht gab es auch ein Unwetter in der Nacht, die er in der Falle verbrachte', dachte er, ‚und er hat für immer die Angst vor ihnen verloren.' Das hatte er gerade gedacht, als er das kleine Dienstmädchen herbeilaufen sah, im Nachthemd, in der Hand eine Leine, um den Hund anzubinden und zu versuchen, ihn fortzuziehen. Er sah, wie sie sich abmühte, ihr Körper deutlich sichtbar unter dem feuchten Kleidungsstück, und hörte eine angstvolle Stimme unter seinem eigenen Fenster: „Du wirst dir den Tod holen, du wirst dir den Tod holen!" sagte die Stimme. ‚Niemand schläft in diesem Haus', dachte er. ‚Nur Cámara, vielleicht.' Er öffnete geräuschlos das Fenster und steckte ein wenig den Kopf hinaus, denn er wollte nicht gesehen werden. Er spürte den heftigen Regen im Nacken, und was er von oben sah, war ein aufgespannter schwarzer Regenschirm, die Señora Vallabriga, die ungeduldig der Rückkehr ihrer unvollendeten Gestalten harrte, es war ihre Stimme, und es war ihr Arm, der nackte Arm, der ab und zu verkrampft unter dem Regenschirm auftauchte, als wollte er sie heranzerren oder packen, das Tier und das Mädchen, die miteinander kämpften, der Hund mit dem fehlenden Bein konnte schlecht fortrennen oder entwischen, er bellte noch immer die Blitze an, die seinen hartnäckigen, schmachtenden Verehrerblick und den Körper erhellten, der erwachsener war als er angezogen wirkte – den plötzlich vollendeten Körper. Custardoy fragte sich, wessen Tod die Tante fürchtete, und kurz darauf wußte er es, als das Mädchen schließlich zur Tür kam, den Hund hinter sich her zerrend, und alle drei verschwanden, zunächst unter dem kuppelartigen Regenschirm und dann im Haus. Er schloß das Fenster; dann, schon von innen her, hörte er nur noch zwei Sätze, beide von der Tante, das Mädchen mußte die Sprache verloren haben: „Dieser Köter", sagte sie. Und dann: „Sofort ins Bett, Mädchen, zieh das aus." Custardoy hörte die müden Schritte, die zu seinem Stockwerk hinaufkamen, und dann, als er wieder lag und als nach dem letzten Geräusch einer einzigen Tür, die geschlossen wurde – einer einzigen Tür – Stille eingetreten war, fragte er sich, ob er sich nicht womöglich getäuscht hatte in bezug auf das Bett, das den Goya beschützte und das angeblich niemand besuchte. Er ging der Frage nicht weiter nach, aber er beschloß, daß er am nächsten Morgen Verrat begehen würde; in dem Gutachten, das er Cámara über die Möglichkeiten einer Fälschung überreichen mußte, würde stehen, daß es sich nicht lohnte, eine Kopie zu fälschen. Die Erbin des Goya hatte ihn sich verdient. Er würde zu Cámara sagen: „Vergessen wir die Sache."

Anmerkung: Das Herrin-Dienerin-Verhältnis und der angedeutete Lesbianismus dieser Minierzählung sind darauf zurückzuführen, daß die fünf obligaten Elemente, die mit dem Auftrag verbunden waren (eine chinesische Folter), mich sogleich an *Rebecca* von Alfred Hitchcock oder Daphne du Maurier denken ließen.

Sonntag mit Fleisch

Wir waren im Hotel de Londres abgestiegen, und während der ersten vierundzwanzig Stunden in der Stadt hatten wir das Zimmer nicht verlassen, wir waren nur auf die Terrasse hinausgetreten, um von dort aus die Bucht La Concha zu sehen, zu voll, um einen erfreulichen Anblick zu bieten. Angenehm ist nur, was nicht massig, was unterscheidbar ist, und dort konnte man unmöglich mit dem Blick auf jemandem verweilen, trotz des Fernglases, ein Übermaß an Fleisch ebnet ein und macht gleich. Wir hatten es mitgenommen, falls wir an einem Sonntag nach Lasarte gehen würden, zur Pferderennbahn, es gibt nicht viel zu tun in San Sebastián an den Sonntagen im August, wir würden drei Wochen da sein, unser Urlaub, vier Sonntage, aber drei Wochen, denn jener zweite Tag unseres Aufenthalts war ein Sonntag, und wir würden an einem Montag abreisen.

Ich trat mehr hinaus als meine Frau, Luisa, immer mit dem Fernglas in der Hand, oder besser gesagt, um den Hals gehängt, damit es mir nicht entgleiten und von der Terrasse hinunterfallen und zerbrechen konnte. Ich versuchte, jemanden am Strand auszumachen, jemanden auszuwählen, aber es gab zu viele Menschen, um irgendeinem treu zu sein, ich machte Schwenks mit der Naheinstellung, sah Hunderte von Kindern, Dutzende von Dicken, ebensoviele junge Mädchen (keine mit bloßen Brüsten, in San Sebastián ist das noch selten), junges und reifes und altes Fleisch, Kinderfleisch, das noch kein Fleisch ist, Mutterfleisch, das dagegen am meisten Fleisch ist, weil es sich bereits reproduziert hat. Schon bald wurde ich es leid zu schauen und kehrte zum Bett zurück, wo Luisa ruhte, ich gab ihr ein paar Küsse, dann kehrte ich zur Terrasse zurück und schaute abermals durch das Fernglas. Vielleicht langweilte ich mich, und deshalb war ich ein wenig neidisch, als ich sah, daß zwei Zimmer weiter, zu meiner Rechten, ein Mann stand, der, ebenfalls mit einem Fernglas, dieses fest auf irgendeinen interessanten Punkt gerichtet hielt und es erst nach einer ganzen Weile sinken ließ und es nicht bewegte, solange er schaute; er hielt es vor die Augen, reglos, ein paar Minuten lang, dann ließ er den Arm ausruhen, und nach kurzer Zeit hob er ihn wieder, immer in der gleichen Position, er wich nicht im mindesten ab von seiner Blickrichtung. Er war nicht hinausgetreten, im Gegenteil, er beobachtete vom Innern des Zimmers her, und deshalb konnte ich nur seinen behaarten Arm sehen, wohin, wohin genau schaute er wohl, fragte ich mich voll Neid, ich wollte meinen Blick gern fest auf etwas richten, nur dann ruht man wirklich aus und verknüpft Interesse mit dem, was man betrachtet, ich machte nur Schwenks, Fleisch und noch mehr Fleisch, das nicht als einzelnes hervortrat, wenn wir schließlich das Zimmer verlassen würden, Luisa und ich, und zum Strand hinuntergingen (wir warteten ab, daß er ein wenig leerer wurde, voraussichtlich zur Zeit des Mittagessens), wären auch wir Teil des Konglomerats aus Fleisch, das aus der Ferne identisch war, unsere erkennbaren Körper würden untergehen in der Gleichförmigkeit, die der Sand und das Wasser und die Badekleidung schaffen, vor allem die Badekleidung. Und jener Mann zu meiner Rechten würde uns nicht wahrnehmen, niemand, der von oben schaute – wie er und ich es taten –, würde uns wahrnehmen, wären wir erst einmal Teil des unangenehmen Schauspiels. Vielleicht deshalb, um nicht ausgemacht zu werden, um nicht aufs Korn genommen noch unterschieden zu werden, finden die Sommerurlauber Gefallen daran, sich ein wenig auszuziehen und sich in Sand und Wasser unter andere Halbnackte zu mischen.

Ich versuchte zu berechnen, auf welchen Punkt die festen Augen des Mannes, meines Nachbarn, gerichtet sein konnten, und es gelang mir, einen Raum zu begrenzen, der nicht klein genug war, um meinen Blick völlig zur Ruhe kommen und Interesse an dem Interessanten aufkommen zu lassen, aber auf diese Weise, indem ich seinen Blick nachahmte oder versuchte, diesen zu erraten, konnte ich den größten Teil der vor mir liegenden Fläche – ein Strand – ausschließen.

„Was schaust du an?" fragte mich meine Frau vom Bett her. Es war sehr heiß, und sie hatte sich ein feuchtes Handtuch auf die Stirn gelegt, es verdeckte ihr fast die Augen, die sich für nichts interessierten.

„Das weiß ich noch nicht", sagte ich, ohne mich umzudrehen. „Ich versuche zu sehen, was ein Mann sieht, der hier neben mir ist, auf einer anderen Terrasse."

„Warum? Das kann dir doch egal sein. Sei nicht neugierig."

Es war mir gleich, in der Tat, aber im Sommer geht es vor allen anderen Dingen darum, Zeit zu verlieren, sonst hat man nicht das Gefühl, in dieser Jahreszeit zu sein, die langsam sein muß und ohne Ziel.

Meinen Berechnungen und Beobachtungen zufolge mußte der Mann zu meiner Rechten eine von vier Personen anschauen, die sich alle ziemlich dicht beieinander befanden, nebeneinander in der letzten Reihe, weit vom

Wasser entfernt. Rechts von diesen Personen tat sich eine leere Stelle auf, links ebenfalls, das war es, was mich auf den Gedanken brachte, daß er eine dieser vier anschaute. Die erste (von links nach rechts, wie bei den Fotos) zeigte mir oder zeigte uns das Gesicht, da sie der Sonne den Rücken zugewandt hatte; es war eine noch junge Frau, sie las eine Zeitung, sie hatte das Oberteil des Bikinis aufgeknüpft, nicht ausgezogen (das wird in San Sebastián noch immer ungern gesehen). Die zweite, ebenfalls eine Frau, älter, korpulenter, in einem Badeanzug und mit einem Strohhut, saß und cremte sich ein; bestimmt eine Mutter, aber ihre Kinder hatten sie verlassen, vielleicht spielten sie zusammen am Ufer. Die dritte Person war ein Mann, möglicherweise ihr Ehemann oder ihr Bruder, er war schlanker, er zitterte aus Laune auf seinem Handtuch stehend, als sei er gerade aus dem Wasser gekommen (er zitterte aus Laune, weil das Meer nicht kalt sein konnte). Die vierte war mehr als unterscheidbar, weil sie bekleidet war, zumindest der Oberkörper war bedeckt; es war ein älterer Mann (der Nacken grau), der mit dem Rücken zu mir saß, aufrecht, als wäre er seinerseits damit beschäftigt, jemanden am Ufer oder ein paar Reihen weiter vorne zu beobachten oder zu überwachen, der Strand als Theater. Ich richtete meinen Blick auf ihn; er war zweifellos allein, er hatte nichts zu tun mit dem, der sich links von ihm befand, dem unecht zitternden Mann. Er trug ein grünes, kurzärmeliges Hemd, ich konnte nicht sehen, ob er eine Badehose oder eine lange Hose darunter trug, ob er bekleidet war, unpassend an diesem Ort, wenn, dann würde er deshalb auffallen. Er kratzte sich den Rücken, er kratzte sich die Taille, die Taille war dick, sie mußte schwer sein, bestimmt war er einer dieser Männer, die es große Mühe kostet, aufzustehen, zu diesem Zweck mußte er die Arme nach vorne schwingen, mit ausgestreckten Fingern, als würde einer an ihnen ziehen. Er kratzte sich den Rücken, ein wenig so, als würde er auf sich zeigen. Ich fand keine Zeit, um festzustellen, ob er so aufstand, mühsam, oder um zu sehen, ob er lange Hosen oder eine Badehose trug, wohl aber, um zu erkennen, daß er das Ziel meines Nachbarn war, denn plötzlich sah ich, mein Fernglas endlich auf seine dicke Taille und seinen breiten Rücken gerichtet, wie er zusammensackte, er fiel nach vorn, sitzend, wie es die Marionetten tun, wenn die Hand sie losläßt, die sie führt. Ich hatte einen kurzen, gedämpften Knall gehört und konnte gerade noch sehen, daß das, was von der Terrasse zu meiner Rechten verschwand, nicht mehr der Arm meines Nachbarn mit dem Fernglas war, sondern sein Arm und der Lauf einer Waffe. Ich glaube, niemand bemerkte etwas, obwohl der zitternde Mann jetzt stillstand, denn ihm war nicht mehr kalt.

Als ich sterblich war

Ich habe oft vorgegeben, an Gespenster zu glauben, und ich gab vor, feierlich daran zu glauben, und jetzt, da ich selbst eines bin, verstehe ich, warum sie traditionell leidend dargestellt werden und mit dem hartnäckigen Wunsch, an die Orte zurückzukehren, die sie kannten, als sie sterblich waren. Es stimmt, daß sie zurückkehren. Selten werden sie oder wir wahrgenommen, die Häuser, die wir bewohnen, haben sich verändert, und in ihnen gibt es Bewohner, die nicht die geringste Ahnung von unserer vergangenen Existenz haben, sie sich nicht einmal vorstellen können: Genau wie die Kinder glauben diese Männer und Frauen, daß die Welt mit ihrer Geburt begonnen hat, und sie fragen sich nicht, ob der Boden, auf den sie treten, zu einer anderen Zeit leichtere Tritte oder vergiftete Schritte erlebt hat, ob zwischen den Wänden, die sie beherbergen, andere Flüstern oder Lachen hörten, ob jemand mit lauter Stimme einen Brief las oder den Hals dessen zusammendrückte, den er am meisten liebte. Es ist absurd, daß der Raum bleibt und die Zeit ausgelöscht wird für die Lebenden, oder vielleicht ist es in Wirklichkeit so, daß der Raum Verwahrer der Zeit ist, nur daß sie stumm ist und nichts erzählt. Es ist absurd, daß es so für die Lebenden ist, denn was danach kommt, ist das Gegenteil, und dafür ermangeln wir der Vorbereitung. Das heißt, jetzt vergeht die Zeit nicht, sie läuft nicht ab, sie fließt nicht, sondern sie verewigt sich gleichzeitig und mit allen Einzelheiten, und „jetzt" zu sagen ist womöglich Trug. Das ist das Zweitschlimmste, die Einzelheiten, denn das, was wir gelebt haben und was kaum Spuren in uns hinterlassen hat, als wir sterblich waren, stellt sich jetzt mit dem entsetzlichen Element dar, daß alles Bedeutung und Gewicht besitzt: die leichthin gesagten Worte und die automatischen Gesten; die Nachmittage der Kindheit, die wir als ein angehäuftes Ganzes sahen, ziehen jetzt einzeln, einer nach dem anderen, an uns vorbei; die Anstrengung eines ganzen Lebens – eine Routine zu erreichen, die die Tage und auch die Nächte einebnet – erweist sich als vergeblich, und jeder Tag und jede Nacht werden mit übermäßiger Deutlichkeit und Einzigartigkeit und einem Grad an Realität erinnert, der unpassend ist für unseren Status, der den Takt nicht mehr kennt. Alles ist konkret und maßlos, und es ist eine Qual, die Schneide der Wiederholungen zu erleiden, denn der Fluch besteht darin, *alles* zu erinnern, die Minuten jeder Stunde jedes gelebten Tages, die der Langeweile und die der Arbeit und die der Fröhlichkeit, die des Lernens und der Schwermut und der Niedertracht und des Traums, und auch die des Wartens, welche die meisten waren.

Aber ich habe schon gesagt, daß dies nur das Zweitschlimmste ist, es gibt etwas noch Quälenderes, und das besteht darin, daß ich mich jetzt nicht nur an das erinnere, was ich sah und hörte und wußte, als ich sterblich war, sondern daß ich es vollständig erinnere, das heißt einschließlich dessen, was ich damals nicht sah noch wußte oder hörte und was mir auch nicht zugänglich war, mich jedoch betraf oder jene, die mir wichtig waren oder mich vielleicht gestalteten. Man entdeckt jetzt das ganze Ausmaß dessen, was man erahnt in dem Maß, in dem man lebt, je mehr, desto erwachsener man wird, ich kann nicht sagen älter, weil ich es nicht wurde: daß man nur einen Bruchteil von dem kennt, was einem geschieht, und daß man, wenn man glaubt, sich das, was einem bis zu einem bestimmten Tag widerfahren ist, erklären oder erzählen zu können, zu vieler Daten ermangelt, es fehlen einem die fremden Absichten und die Beweggründe der Handlungen, es fehlt einem das Verborgene: Wir sehen die Menschen, die uns am nächsten sind, wie Schauspieler erscheinen, die plötzlich vor den Vorhang eines Theaters treten, ohne daß wir wüßten, was sie bis zur Sekunde davor getan haben, als sie nicht vor uns standen. Vielleicht präsentieren sie sich als Othello oder als Hamlet verkleidet und rauchten noch vor einem Augenblick eine unmögliche, anachronistische Zigarette hinter den Kulissen und schauten ungeduldig auf eine Uhr, die sie abgenommen haben, um sich den Anschein zu geben, andere zu sein. Desgleichen fehlen uns die Ereignisse, bei denen wir nicht dabeigewesen sind, und die Gespräche, die wir nicht gehört haben, diejenigen, die hinter unserem Rücken stattfinden und uns erwähnen oder uns kritisieren oder über uns richten und uns verurteilen. Das Leben ist barmherzig, alle Leben sind es oder dies ist die Norm, und deshalb betrachten wir diejenigen als böse, die nicht verschleiern noch verbergen noch lügen, die erzählen, was sie wissen und hören, auch, was sie tun und was sie denken. Wir sagen, sie seien grausam. Und es ist dieser Zustand der Grausamkeit, in dem ich mich jetzt befinde.

Ich sehe mich zum Beispiel als Kind kurz vor dem Einschlafen in meinem Bett während so vieler Abende einer Kindheit ohne Schrecken oder voll Zufriedenheit, bei angelehnter Tür, um das Licht zu sehen, bis der Schlaf mich überwältigen würde, und bei den Unterhaltungen zwischen meinem Vater und meiner Mutter und irgendeinem Gast schläfrig zu werden, der zum Abendessen oder zum Nachtisch geladen worden ist, letzteres fast immer Dr. Arranz, ein angenehmer Mann, der stets lächelte und murmelnd sprach und der zu meiner Freude eintraf, kurz bevor ich einschlief, gerade rechtzeitig, um in mein Zimmer zu kommen und zu sehen, wie es mir ging, das Privileg einer fast täglichen Kontrolle und die Hand des Arztes, die beruhigt und unter dem Schlafanzug tastet, eine laue, unwiederholbare Hand, die berührt, wie später keine mehr im Lauf unserer Leben zu berühren weiß, während das furchtsame Kind fühlt, daß jede Anomalie oder Gefahr von ihr entdeckt und damit eingedämmt wird, es ist die Hand, die rettet; und von den Ohren herabhängend das Stethoskop mit seiner gesunden, kalten Berührung auf der eingesunkenen Brust, und bisweilen auch der ererbte Silberlöffel mit Initialen umgedreht auf der Zunge, der Griff, der sich einen Augenblick lang in unseren Hals rammen zu wollen schien, um dann nach der ersten Berührung der befreienden Erinnerung Raum zu geben, daß es Arranz war, der ihn hielt, seine schützende, sichere Hand, Herrin über metallische Gegenstände, nichts konnte passieren, solange er abhörte oder mit seiner Lampe auf der Stirn schaute. Nach seinem raschen Besuch und seinen zwei oder drei Scherzen – manchmal wartete meine Mutter auf ihn, in den Türrahmen gelehnt, während er mich untersuchte und mich leicht zum Lachen brachte, auch sie amüsiert – war ich noch ruhiger und begann halb einzuschlafen, während ich ihr Geplauder im nahegelegenen Wohnzimmer hörte oder hörte, wie sie eine Weile Radio hörten oder ein wenig Karten spielten, in einer Zeit, in der die Zeit fast nicht verging, es scheint unglaublich, denn es ist nicht so lange her, auch wenn von damals bis heute Zeit genug gewesen ist für mein Leben und meinen Tod. Ich höre das Lachen derer, die noch jung waren, obwohl ich sie damals nicht so sehen konnte, wohl aber jetzt: Mein Vater lachte am wenigsten, ein schweigsamer, gepflegter Mann mit einer Spur ständiger Melancholie in den Augen, vielleicht weil er Republikaner gewesen war und den Krieg verloren hatte, und das muß etwas sein, wovon man sich niemals erholt, einen Krieg gegen die Landsleute und die Nachbarn zu verlieren. Er war ein gutmütiger Mann, der nie mit uns zankte, weder mit mir noch mit meiner Mutter, und er verbrachte viel Zeit zu Hause und schrieb Artikel und Buchkritiken, die er für die Zeitungen zumeist mit falschen Namen unterzeichnete, denn es war besser, wenn er seinen nicht benutzte; oder aber er las, ein Frankreichliebhaber, an Romane von Camus und Simenon erinnere ich mich am meisten. Dr. Arranz war frohsinniger, ein spöttischer Mann mit seiner schleppenden Stimme, voller Erfindungsgabe und Redensarten, der Typ, den Kinder vergöttern, weil er Tricks mit den Karten machen kann und sie mit unerwarteten Reimen amüsiert und ihnen vom Fußball erzählt – Kopa, Rial, Di Stefano, Puskas und Gento damals – und ihm Spiele einfallen, mit denen er sie auf die Probe stellt und ihre Phantasie weckt, denn in Wirklichkeit hat er nie Zeit, um zu bleiben und sie tatsächlich zu spielen. Und meine Mutter, immer gut gekleidet, obwohl wahrscheinlich nicht viel Geld im Haus eines Verlierers des Krieges war – tatsächlich gab es keines –, besser gekleidet als mein Vater, weil sie noch ihren eigenen Vater hatte, der sie kleidete, mein Großvater, klein und lächelnd und den Ehemann zuweilen voll Kummer anschauend, mich immer mit Begeisterung, auch solche Blicke gibt es später nicht mehr viele, je mehr man heranwächst. Das alles sehe ich jetzt, aber ich sehe es vollständig, ich sehe, daß das Lachen aus dem Wohnzimmer niemals von meinem Vater kam, während ich langsam in den Schlaf sank, wohingegen das Hören des Radios seine und nur seine Sache war, ein unmögliches Bild bis vor kurzem, das jetzt so deutlich ist wie die alten, die, als ich sterblich war, sich verdichteten und verschwammen, je mehr, desto länger ich lebte. Ich sehe, daß an manchen Abenden Dr. Arranz und meine Mutter ausgingen, und jetzt verstehe ich so viele Hinweise auf die guten Eintrittskarten, die ich in meiner damaligen Vorstellung immer vom Türsteher des Stadions oder der Stierkampfarena eingerissen sah – Orte, zu denen ich nicht ging – und über die ich mir keine weiteren Fragen stellte. An anderen Abenden gab es keine guten Karten oder man sprach nicht darüber, oder es waren Regenabende, die nicht zu einem Spaziergang einluden oder zu einem Besuch der Kirmes, und jetzt weiß ich, daß Dr. Arranz und meine Mutter ins Schlafzimmer gingen, wenn feststand, daß ich eingeschlafen war, nachdem ich an Brust und Bauch von denselben Händen berührt worden war, die danach sie berühren würden, nicht mehr lau und drängender, die Hand des Arztes, die beruhigt und erkundet und überzeugt und fordert; und nachdem ich auch von denselben Lippen auf die Wange oder die Stirn geküßt worden war, die später die murmelnde, ungezwungene Stimme küssen und zum Schweigen bringen würden. Und ob sie nun ins Theater oder ins Kino oder ins Tanzlokal gingen oder nur ins Nebenzimmer wechselten, mein Vater stellte alleine das Radio an, während er wartete, um nichts zu hören, aber nach einiger Zeit und Routine – nach der Einebnung der Abende, die sich immer einstellt, wenn die Abende darauf beharren, sich zu wiederholen – auch, um sich eine halbe oder eine Dreiviertelstunde lang zu zerstreuen (Ärzte haben es immer eilig), denn mit der Zeit fand er Zerstreuung durch das, was er hörte. Der Doktor ging fort, ohne sich von ihm zu verabschieden, und meine Mutter kam nicht mehr aus dem Zimmer heraus, sie blieb dort und wartete auf meinen Vater, sie zog sich ein Nachthemd an und wechselte die Laken, er fand sie niemals mit ihren hübschen Röcken und Strümpfen vor. Und jetzt sehe ich die Unterhaltung, die diesen Zustand herbeiführte, der für mich nicht einer der Grausamkeit war, sondern ein barmherziger, der mein Leben lang angedauert hat, und bei dieser Unterhaltung trägt Dr. Arranz den kleinen schmalen Schnurrbart, den ich später bei den Abgeordneten der Cortes bis zum Tode Francos gesehen habe, und nicht nur bei ihnen, sondern auch bei Militärs und Notaren, bei Bankiers und bei Professoren, bei Schriftstellern und bei so vielen Ärzten, nicht bei ihm jedoch, er kam den anderen zuvor, als er ihn sich abnahm. Mein Vater und meine Mutter sitzen im Eßzimmer, und ich habe noch kein Bewußtsein und auch keine Erinnerung, ich bin ein Kind, das weder läuft noch spricht und das in seiner Wiege liegt und das nie hätte davon zu erfahren brauchen; sie hält die ganze Zeit den Blick gesenkt und sagt kein Wort, er hat zunächst ungläubige, dann entsetzte Augen; entsetzt und furchtsam eher als empört. Und eines der Dinge, die Arranz sagt, ist folgendes:

„Sieh mal, León, die Polizei bekommt viele Berichte von mir, und die meinen sind alle hieb- und stichfest, nie haben sie ihren Zweck verfehlt. Es hat gedauert, bis ich dich gefunden habe, aber ich weiß genau, was du im Krieg getan hast, du hast nach Herzenslust die Milizsoldaten informiert, damit sie die Leute im Morgengrauen abholen und erschießen konnten. Aber auch wenn es nicht so gewesen wäre. In deinem Fall brauche ich nicht viel zu erfinden, es genügt, wenn ich übertreibe und sage, daß du die Hälfte unserer Nachbarschaft in den Straßengraben geschickt hast, das wäre nicht allzu weit von der Wahrheit entfernt, auch mich hättest du geschickt, wenn du gekonnt hättest. Es sind mehr als zehn Jahre vergangen, aber dich erwartet das Erschießungskommando, wenn ich damit komme, und ich habe keinen Grund, den Mund zu halten. Jetzt entscheide also du, was du willst: Entweder es geht dir ein wenig schlecht mit meinen Bedingungen, oder es geht dir überhaupt nicht mehr, weder schlecht noch gut und auch nicht leidlich."

„Und was sind das für Bedingungen?"

Ich sehe Dr. Arranz eine Bewegung mit dem Kopf zu meiner stummen Mutter hin machen – eine Bewegung, die sie verdinglicht –, die er ebenfalls aus dem Krieg und schon vorher kannte, ebenfalls aus dieser Nachbarschaft, die so viele Nachbarn verlor.

„Sie langlegen. Jede Nacht, bis ich es leid bin."

Arranz wurde es leid, wie wir alle alles leid werden, wenn man uns Zeit läßt. Er wurde es leid, als ich noch in einem Alter war, in dem dieses so wichtige Verb nicht zum Wortschatz gehört und auch sein Inhalt nicht vorstellbar ist. Das Alter meiner Mutter dagegen war das Alter, in dem sie zu welken begann und nicht mehr lachte und mein Vater anfing, Erfolg zu haben und sich besser zu kleiden und die Artikel und Kritiken mit seinem Namen zu unterzeichnen – seinem Namen, der nicht León war – und ein wenig die Melancholie aus seinen getrübten Augen zu verlieren; und abends mit guten Karten auszugehen, während meine Mutter zu Hause blieb und Patiencen legte oder Radio hörte oder wenig später, angemessener, Fernsehen sah.

Wer über das Jenseits oder die Fortdauer des Bewußtseins über den Tod hinaus spekuliert hat – wenn wir denn das sind, Bewußtsein –, hat nicht die Gefahr oder besser gesagt den Horror berücksichtigt, sich an alles zu erinnern, sogar an das, was wir nicht wußten: alles zu wissen, was uns betrifft oder an dem wir beteiligt oder dem wir auch nur nahe waren. Ich sehe mit absoluter Deutlichkeit Gesichter, denen ich ein einziges Mal auf der Straße begegnet bin, einen Mann, dem ich ein Almosen gab, ohne ihm ins Gesicht zu blicken, eine Frau, die ich in der Metro betrachtete und an die ich nie wieder dachte, die Gesichtszüge eines Briefträgers, der mir ein bedeutungsloses Telegramm brachte, die Gestalt eines kleinen Mädchens, das ich an einem Strand sah, als auch ich ein Kind war. Es wiederholen sich die langen Minuten, die ich in den Flughäfen wartete oder in der Schlange eines Museums verbrachte oder damit, an jenem fernen Strand aufs Wasser zu schauen, oder Koffer zu packen und später wieder auszupacken, die langweiligsten, die niemals zählen und die wir als tote Zeit zu bezeichnen pflegen. Ich sehe mich in Städten, in denen ich vor langer Zeit und auf der Durchreise war, mit freien Stunden, dazu da, mit Spaziergängen verbracht und dann aus meinem Gedächtnis gelöscht zu werden: Ich sehe mich in Hamburg und in Manchester, in Basel und in Austin, an Orten, zu denen ich nicht gereist wäre, wenn mich nicht die Arbeit hingeführt hätte. Ich sehe mich auch in Venedig vor langer Zeit, auf meiner Hochzeitsreise mit meiner Frau Luisa, mit der ich diese letzten Jahre der Ruhe und Zufriedenheit verbracht habe, ich sehe mich in ihnen, in meinem jüngsten Leben, obwohl es schon weit entfernt ist. Ich kehre von einer Reise zurück, und sie erwartet mich am Flughafen, es gab kein einziges Mal in unserer Ehe, an dem sie nicht dorthin gekommen wäre, um mich abzuholen, auch wenn ich nur zwei Tage fort gewesen war, trotz des fürchterlichen Verkehrs und der entbehrlichen Tätigkeiten, welche die anstrengendsten sind. Ich war gewöhnlich so müde, daß ich nur die Kraft hatte, zwischen den Kanälen des in all unseren Ländern gleichen Fernsehens hin und her zu wechseln, während sie mir ein leichtes Abendessen zubereitete und mir mit gelangweiltem, aber geduldigem Gesicht Gesellschaft leistete, wohl wissend, daß ich nur den tiefen Schlaf und die Ruhe der bevorstehenden Nacht brauchte, um mich zu erholen und am nächsten Tag der gleiche wie immer zu sein, ein aktiver, zu Scherzen aufgelegter Typ, der die Worte ein wenig in sich hineinmurmelte, eine wohleinstudierte Form, die Ironie zu betonen, die allen Frauen gefällt, sie haben das Lachen im Blut und können nicht verhindern, in Lachen auszubrechen, auch wenn sie den, der den Scherz macht, nicht ausstehen können, wenn der Scherz witzig ist. Und am folgenden Nachmittag, nunmehr erholt, pflegte ich María zu besuchen, meine Geliebte, die noch mehr lachte, denn bei ihr waren meine Einfälle noch nicht abgenutzt.

Ich habe immer sehr sorgsam darauf geachtet, mich nicht zu verraten, nicht zu verletzen und barmherzig zu sein, María sah ich nur bei ihr zu Hause, damit niemand mich jemals mit ihr irgendwo sehen und dann fragen oder grausam sein und später erzählen oder einfach darauf warten konnte, vorgestellt zu werden. Ihre Wohnung lag in der Nähe, und ich ging viele Nachmittage auf dem Weg zu meiner dort vorbei, nicht jeden Tag, es bedeutete eine Verspätung von nur einer halben oder einer Dreiviertelstunde, manchmal ein wenig mehr, manchmal hielt ich mich damit auf, aus ihrem Fenster zu sehen, das Fenster der Geliebten hat einen Reiz, den das unsere nie haben wird. Nie habe ich einen Fehler gemacht, denn in diesen Fragen sind Fehler eine Form von Rücksichtslosigkeit oder, schlimmer noch, Bosheit. Einmal bin ich María begegnet, als ich mit Luisa in einem überfüllten Kino war, bei einer Premiere, und meine Geliebte nutzte das Gedränge, um sich uns zu nähern und einen Augenblick lang meine Hand zu fassen, als sie an mir vorbeiging; ohne mich anzusehen, streifte sie mich mit dem Oberschenkel, den ich gut kannte, und faßte und streichelte meine Hand. Luisa konnte diese zarte, flüchtige, heimliche Berührung weder sehen noch bemerken noch im geringsten ahnen, dennoch beschloß ich, María ein paar Wochen lang nicht zu sehen, nach deren Ablauf, und nachdem ich im Büro nicht ans Telefon gegangen war, sie mich eines Nachmittags bei mir zu Hause anrief, zum Glück war meine Frau nicht da.

„Was ist los?" fragte sie.

„Du sollst mich hier nie anrufen, das weißt du doch."

„Ich würde dich nicht anrufen, wenn du im Büro ans Telefon gehen würdest. Ich habe zwei Wochen gewartet", sagte sie.

Und ich antwortete ihr, wobei ich mich bemühte, die Wut zurückzurufen, die ich vor diesen zwei Wochen gefühlt hatte:

„Und ich werde auch nie wieder rangehen, wenn du mich noch einmal anfaßt, wenn Luisa dabei ist. Tu das bloß nicht."

Sie schwieg.

Man vergißt fast alles im Leben und erinnert alles im Tod oder in diesem Zustand der Grausamkeit, aus dem das Gespensterdasein besteht. Aber im Leben vergaß ich und sah sie an einem und am anderen Tag, so wie man alles endlos auf bald verschiebt, und immer glauben wir, daß es weiterhin ein Morgen gibt, an dem es möglich sein wird, das anzuhalten, was heute und gestern vergeht und abläuft und fließt, was sich unmerklich in eine weitere Routine verwandelt, die auf ihre Weise ebenfalls unsere Tage und unsere Nächte einebnet, bis diese am Ende nicht mehr vorstellbar sind ohne jedes der Elemente, die sich in ihnen eingerichtet haben, die Nächte und Tage sollen zumindest im wesentlichen identisch sein, damit es weder Verzicht noch Opfer gibt, wer will sie schon und wer erträgt sie. Alles wird jetzt erinnert, und deshalb erinnere ich mich genau an meinen Tod, das heißt an das, was ich von meinem Tod wußte, als er stattfand, was wenig und nichts war, wenn ich es mit der Totalität meines jetzigen Wissens vergleiche und mit der Schneide der Wiederholungen.

Ich kehrte wieder einmal von einer meiner erschöpfenden Reisen zurück, und Luisa war zuverlässig, sie kam mich abholen. Wir redeten nicht viel im Auto, auch nicht, während ich automatisch meinen Koffer auspackte und flüchtig die Post durchsah, die sich angesammelt hatte, und die bis zu meiner Rückkehr gespeicherten Anrufe auf dem Anrufbeantworter abhörte. Einer versetzte mich in Unruhe, denn ich erkannte sofort die Stimme Marías, die einmal meinen Namen sagte, dann abbrach, und dies bewirkte, daß meine Unruhe gleich wieder nachließ, eine Frauenstimme, die meinen Namen sagte und sich unterbrach, bedeutete nichts, sie mußte Luisa nicht irritiert haben, wenn sie sie gehört hatte. Ich legte mich vor dem Fernseher aufs Bett und schaute Sendungen an, Luisa brachte mir kalten Braten mit geraspeltem Ei, den sie im Geschäft gekauft hatte, bestimmt hatte sie keine Lust oder keine Zeit gehabt, mir eine Tortilla zu machen. Es war noch früh, aber sie löschte für mich das Licht im Zimmer, um mir in den Schlaf zu helfen, und so lag ich da, schläfrig und beruhigt durch die vage Erinnerung an ihre Liebkosungen, die Hand, die besänftigt, auch wenn sie die Brust zerstreut und vielleicht mit Ungeduld berührt. Dann verließ sie das Schlafzimmer, und ich schlief schließlich ein, während die Bilder weiterliefen, in einem bestimmten Augenblick hatte ich aufgehört, zwischen den Kanälen hin und her zu wechseln.

Ich weiß nicht, wieviel Zeit verging, aber ich lüge, denn jetzt weiß ich es genau, es waren dreiundsiebzig Minuten tiefen Schlafs mit Träumen, die sich noch im Ausland abspielten, aus dem ich einmal mehr heil zurückgekehrt war. Dann wachte ich auf und sah das bläuliche Licht des laufenden Fernsehers, sein Licht, das den Fußteil des Bettes erhellte, und nicht so sehr eines seiner Bilder, denn dazu fand ich keine Zeit. Ich sehe und sah, wie etwas Schwarzes auf meine Stirn fiel, ein schwerer Gegenstand, der zweifellos kalt war wie das Stethoskop, aber er war nicht gesund, sondern voll Gewalt. Er fiel einmal nieder und hob sich wieder, und in diesen Zehntelsekunden, bevor er, schon blutbespritzt, abermals niedersauste, dachte ich, daß Luisa mich wegen dieses Anrufs umbrachte, der nur meinen Namen nannte und dann abbrach und vielleicht sehr viel mehr Dinge gesagt hatte, die sie gelöscht hatte, nachdem sie sie alle gehört hatte, damit ich bei meiner Rückkehr nur den Anfang hörte, nur die Ankündigung dessen, was mich tötete. Das schwarze Ding fiel erneut nieder, und dieses Mal tötete es, und mein letztes Bewußtsein zu Lebzeiten veranlaßte mich, keinen Widerstand zu leisten, nicht zu versuchen, ihr Einhalt zu gebieten, denn sie war unaufhaltbar, vielleicht auch deshalb, weil es mir kein schlechter Tod zu sein schien, von der Hand der Person zu sterben, mit der ich in Ruhe und Zufriedenheit gelebt hatte, ohne uns wehzutun, bis wir es taten. Das Wort ist schwierig und irreführend, aber vielleicht fühlte ich, daß dies ein gerechter Tod war.

Das alles sehe ich jetzt, und ich sehe es vollständig, mit einem Nachher und einem Vorher, obwohl das Nachher mich im strengen Sinne nicht direkt betrifft und deshalb nicht so schmerzhaft ist. Wohl aber das Vorher oder die

Verneinung dessen, was ich ahnte und denken wollte zwischen dem Niederfahren und Auffahren und dem erneuten Niederfahren des schwarzen Dings, das mir den Garaus machte. Jetzt sehe ich, wie Luisa mit einem Mann spricht, den ich nicht kenne und der ebenfalls einen Schnurrbart trägt, wie Dr. Arranz ihn seinerzeit trug, wenn auch nicht schmal, sondern weich und dicht und leicht angegraut. Es ist ein Mann mittleren Alters, wie es meines war und vielleicht auch das Luisas, obwohl sie in meinen Augen immer jung war, so wie ich meine Eltern und Arranz nie sehen konnte. Sie befinden sich im Wohnzimmer einer Wohnung, die ich ebenfalls nicht kenne und die seine ist, ein vollgestopfter Ort, voller Bücher und Bilder und Dekorationsgegenstände, eine wohleinstudierte Wohnung. Der Mann heißt Manolo Reyna und besitzt Geld genug, um sich nie die Hände schmutzig machen zu müssen. Sie sprechen flüsternd, auf einem Sofa sitzend, es ist nachmittags, und ich besuche in diesen Augenblicken María, zwei Wochen zuvor, zwei vor meinem Tod bei der Rückkehr von einer Reise, und diese Reise hat noch nicht begonnen, es ist noch die Zeit der Vorbereitungen. Das Geflüster ist jetzt deutlich, es besitzt einen Grad an Realität, der unpassend ist, nicht mehr für meinen Zustand, der den Takt nicht kennt, sondern für das Leben selbst, nichts in ihm ist jemals so konkret, nichts atmet so sehr. Aber es gibt einen Augenblick, in dem Luisa die Stimme hebt, wie man sie hebt, um sich zu verteidigen oder jemanden zu verteidigen, und was sie sagt, ist folgendes:

„Aber er hat sich immer sehr gut mir gegenüber verhalten, ich habe ihm nichts vorzuwerfen, und so ist es sehr schwer.“

Und Manolo Reyna antwortet mit schleppender Stimme:

„Es wäre nicht leichter, und es würde dich auch nicht weniger Überwindung kosten, wenn er dir das Leben zur Hölle gemacht hätte. Wenn es darum geht, jemanden zu töten, zählt nicht, was er getan hat, es wirkt immer wie eine maßlose Tat, egal, wie man sich verhalten hat."

Ich sehe, wie Luisa den Daumen zum Mund hebt und ein wenig an ihm knabbert, eine Geste, die ich oft bei ihr gesehen habe, wenn sie zögert, oder besser gesagt, bevor sie sich zu etwas entschließt. Es ist eine triviale Geste, und es ist verletzend, daß sie auch bei einer Unterhaltung erscheint, an der wir nicht teilnehmen, die hinter unserem Rücken stattfindet und uns erwähnt oder kritisiert oder sogar verteidigt oder über uns richtet und uns zum Tode verurteilt.

„Dann bring du ihn doch um, du wirst nicht wollen, daß ich diese maßlose Tat begehe."

Jetzt sehe ich auch, daß die Person, die neben meinem laufenden Fernseher das schwarze Ding schwingt, nicht Luisa ist, auch nicht Manolo Reyna mit seinem folkloristischen Namen, sondern jemand, der gedungen und bezahlt wurde, um es zweimal auf meine Stirn niederfahren zu lassen, das Wort ist Meuchelmörder, im Krieg wurden viele Milizsoldaten in dieser Weise benutzt. Mein Meuchelmörder schlägt zweimal zu, und er schlägt leidenschaftslos zu, und dieser Tod erscheint mir nicht mehr gerecht, auch nicht angemessen und natürlich nicht barmherzig, wie es das Leben zu sein pflegt und meines es war. Das schwarze Ding ist ein Hammer mit Holzgriff und eisernem Kopfstück, ein ganz normaler Hammer. Es ist unserer, ich erkenne ihn.

Dort, wo die Zeit abläuft und fließt, ist schon viel Zeit vergangen, so viel, daß keiner übrig ist von denen, die ich kannte oder regelmäßig sah oder erlitt oder liebte. Jeder von ihnen, nehme ich an, wird, ohne wahrgenommen zu werden, in diesen Raum zurückkehren, in dem sich die vergessenen Zeiten ansammeln, und dort nichts als Fremde sehen, Männer und Frauen, die wie die Kinder glauben, daß die Welt mit ihrer Geburt begann, und für die es sinnlos ist, sich nach unserer vergangenen und ausgelöschten Existenz zu fragen. Jetzt wird Luisa das erinnern und wissen, was sie zu Lebzeiten und auch bei meinem Tod nicht gewußt hat. Ich kann jetzt nicht von Nächten oder Tagen sprechen, alles ist eingeebnet, ohne daß Anstrengung oder Routine erforderlich wären, in der ich, wie ich sagen kann, vor allem Ruhe und Zufriedenheit kannte: als ich sterblich war, vor schon so langer Zeit, dort, wo es noch Zeit gibt.

Alles Übel kehrt zurück

Für den Nachtarzt, der nicht fiktiv sein wollte

Heute habe ich einen Brief erhalten, der mich an einen Freund erinnert hat. Geschrieben hat ihn eine Unbekannte, sowohl für mich als auch für meinen Freund.

Ihn lernte ich vor fünfzehn oder sechzehn Jahren kennen, und vor zwei Jahren hörte ich auf, Kontakt mit ihm zu haben, aufgrund seines Todes und nichts anderem, obwohl wir uns nie viel sahen, da er in Paris lebte und ich in Madrid. Ich besuchte seine Stadt mit einiger Häufigkeit, er sehr selten die meine. Gleichwohl lernten wir uns in keiner der beiden kennen, sondern in Barcelona, und bevor wir uns das erste Mal sahen, hatte ich schon einen Text von ihm gelesen, den mir der Madrider Verlag zugeschickt hatte, den ich damals beriet (schlecht bezahlt, wie üblich). Jener Roman, oder was immer es war, war sehr schwer publizierbar, und ich kann mich fast nicht an ihn erinnern, nur, daß in ihm sprachliche Erfindungskraft, ein ausgeprägtes Gefühl für Rhythmus und umfangreiche Bildung zum Ausdruck kamen (der Autor kannte das Wort „Auswrack") und daß er im übrigen fast unverständlich war, zumindest für mich: wenn ich Kritiker wäre, müßte ich sagen, daß es sich um jemanden handelte, der Joyce fortführte und übersteigerte, wenn auch weniger infantil oder senil als der letzte Joyce, dem er in einiger Entfernung folgte. Dennoch empfahl ich ihn und äußerte meine relative Wertschätzung in einem Gutachten, und dies bewirkte, daß seine Agentin mich anrief (zum unveröffentlichten Schriftsteller berufen, hatte er gleichwohl eine Agentin), um anläßlich einer Reise des von ihr Vertretenen nach Barcelona, wo seine Familie lebte und auch ich vor fünfzehn oder sechzehn Jahren lebte, eine Verabredung zu treffen.

Er hieß Xavier Comella, und ich fragte mich immer, ob die Geschäfte, auf die er sich ab und zu in verschleierter Form als „die Geschäfte der Familie“ bezog, die in dieser Stadt ansässige Bekleidungs-Ladenkette gleichen Namens waren (vornehmlich Pullover). Angesichts des bilderstürmerischen Charakters seines Textes erwartete ich, ein bärtiges, wildes Individuum oder aber einen Erleuchteten mit leicht polynesischer Kleidung und metallenen Ohrringen vor mir zu haben, aber dem war nicht so: Aus dem Metroausgang am Tibidabo, wo wir uns verabredet hatten, kam ein Mann, der wenig älter war als ich, damals achtundzwanzig oder neunundzwanzig, und sehr viel besser gekleidet (ich bin ein ordentlicher Mensch, aber er trug Krawatte und Manschettenknöpfe, was seltsam war für unser Alter und die Zeit, eine Krawatte mit schmalem Knoten); mit einem sehr altmodischen Gesicht ausgestattet, schien er denselben Zwischenkriegsjahren entsprungen zu sein, denen seine Literatur entstammte: das krapprote Haar nach hinten gekämmt und leicht gewellt wie das eines Jagdbomberpiloten oder eines französischen Schwarzweiß-Filmschauspielers – Gérard Philippe oder Jean Marais in ihrer Jugend –; die Iris sherryfarben mit einem dunklen Fleck im Weiß des linken Auges, der seinem Blick etwas Verwundetes gab; der Kiefer ausgeprägt, als presse er ihn immer zusammen, angenehme, kräftige Zähne, ein Schädel, der gut sichtbar war durch die freie Stirn, einer dieser Schädel, die ständig kurz vorm Explodieren zu stehen scheinen, nicht so sehr ihrer Größe wegen, die normal war, als deshalb, weil die straff gespannte Haut den Stirnknochen kaum fassen zu können schien, vielleicht lag es an ein paar waagerechten Adern, die zu vorspringend und blau waren. Er war gefällig und freundlich oder mehr noch, außerordentlich höflich, ebenfalls für sein Alter und die eher grobe Zeit, einer dieser Männer, bei denen man ahnt, daß man sich keine Vertraulichkeiten herausnehmen, wohl aber Vertrauen in sie haben kann. Er hatte ein deutlich ausländisches oder vielleicht nicht inländisches Aussehen, das seine Entfremdung von seiner Epoche verstärkte, ein Aussehen, das bestimmt die sieben oder acht Jahre bewirkt hatten, die er nunmehr außerhalb unseres Landes lebte; er sprach spanisch mit dem angenehmen Tonfall der Katalanen, die kaum katalanisch gesprochen haben (weich das C und das Z, weich das G und das J), und mit einem leichten Zögern vor den Sätzen, als müßte er zuvor eine minimale geistige Übersetzung vornehmen, die drei oder vier ersten Worte jeder Rede. Er sprach mehrere Sprachen und las sie, einschließlich Latein, tatsächlich erwähnte er, er habe im Flugzeug aus Paris Ovids *Tristia* gelesen, und er erwähnte es nicht so sehr aus Pedanterie als mit der Befriedigung, die entsteht, wenn etwas Schwieriges gelingt. Er besaß eine gewisse Weltläufigkeit, und es gefiel ihm, sie zu besitzen und zu zeigen; während der langen Unterhaltung, die wir in der Bar eines nahegelegenen Hotels führten, sprachen wir zuviel über Literatur und Malerei und Musik, das heißt über Dinge, die man leicht wieder vergißt, aber etwas erzählte er mir auch von seinem Leben, über das er sowohl bei jener Gelegenheit als auch in den späteren Jahren, in denen wir Kontakt hatten, immer mit einer widersprüchlichen Mischung aus Diskretion und Schamlosigkeit sprach. Das heißt, er erzählte alles oder fast alles, sehr intime Dinge, aber mit einer ernsten Unbefangenheit – vielleicht war es auch Takt –, die in gewissem Sinne die Bedeutung des Erzählten minderte, wie jemand, der meint, daß alles Seltsame und Schreckliche und Beängstigende und Traurige, das einem widerfahren kann, nichts anderes ist als die Regel und das Schicksal aller, also auch desjenigen, der zuhört, der nicht überrascht sein kann. Darum entbehrte er jedoch nicht des vertraulichen Gestus, aber vielleicht mehr als Teil des mimischen Rüstzeugs des gequälten Menschen als deshalb, weil er wirklich ein Bewußtsein davon gehabt hätte, was grundsätzlich nicht erzählbar war oder man für nicht erzählbar halten würde. Bei jener ersten Gelegenheit erzählte er mir folgendes: er hatte Medizin studiert, aber er übte sie nicht aus, sondern lebte, mit Leib und Seele der Literatur verschrieben, von einem umfangreichen Erbe oder familiären Einkommen, das vielleicht von einem Großvater in der Textilbranche stammte, ich erinnere mich nicht mehr genau. Er verfügte darüber und hatte daraus geschöpft die sieben oder acht Jahre, die er in Paris lebte, wohin er dank dieses Geldes gezogen war, auf der Flucht vor dem für ihn mittelmäßigen und faden geistigen Leben Barcelonas, das er im übrigen aus zeitlichen Gründen nur aus der Presse kannte, angesichts seines jugendlichen Alters bei seinem Fortgang. (Er wuchs in Barcelona auf, war jedoch in Madrid geboren, da seine Mutter aus dieser Stadt stammte.) In Paris hatte er eine Frau namens Éliane geheiratet (immer nannte er sie so, nie habe ich ihn sagen hören „meine Frau“), deren

Geschmack für Farben, so sagte er, der exquisiteste sei, den man bei einem menschlichen Wesen finden könne (ich fragte nicht nach, aber ich vermutete, daß sie in diesem Fall Malerin sein dürfte). Er arbeitete an einem umfangreichen, ehrgeizigen literarischen Projekt, von dem er bereits zwanzig Prozent verwirklicht habe, wie er präzisierte, obwohl noch nichts veröffentlicht sei; abgesehen von seinen Vertrauten sei ich die erste Person, die sich für seine Schriften interessiere, die nicht nur Romane umfaßten, sondern auch Essays, Sonette, Theater und sogar ein Stück für Marionetten. Es war offensichtlich, daß er sehr darauf vertraute, daß innerhalb des Verlages mein Urteil den Ausschlag geben würde, wobei er nicht wußte, daß meine Stimme nur eine von vielen war und angesichts meines jugendlichen Alters nicht zu den qualifiziertesten gehörte. Ich hatte den Eindruck, daß er recht glücklich sein mußte oder das, was man gewöhnlich darunter versteht; er schien sehr in seine Frau verliebt zu sein, er lebte in Paris, während wir in Spanien gerade die Franco-Zeit hinter uns gelassen hatten, wenn wir sie denn hinter uns gelassen hatten, er brauchte nicht zu arbeiten, noch hatte er mehr Pflichten als die, die er sich selbst auferlegte, wahrscheinlich führte er ein interessantes oder unterhaltsames gesellschaftliches Leben. Und doch war schon bei jenem ersten Treffen etwas Trübes und Kummervolles an ihm, als ginge eine Wolke von Leid von ihm aus, oder vielleicht war es eine Staubwolke, die sich verdichtete und die er dann abschüttelte und zurückließ. Als er mir erzählte, wie sehr er an seinen Texten arbeite, die zahllosen Stunden, die er gebraucht habe, um jede der Seiten zu schreiben, die ich gelesen hatte, glaubte ich, es sei nur das, eine Auffassung von der Literatur, die so altmodisch war wie er selbst, beinahe pathetisch, ein Rückgriff auf den Schmerz, der nötig war, um zu erreichen, daß die Worte ungeachtet ihrer Bedeutung eine gewisse Erschütterung vermitteln, wie es die Musik oder die gestaltlose Farbe vermöge oder die Mathematik es vermögen müßte, sagte er. Ich fragte ihn, ob auch eine seiner leichter zu behaltenden Seiten, auf der nur fünfmal pro Zeile das Partizip „reitend" erschien: „reitend, reitend, reitend, reitend, reitend", und so fort in jeder Zeile, ihn Stunden gekostet habe. Er schaute mich überrascht an – arglose Augen – und brach nach ein paar Sekunden in Lachen aus: „Nein", antwortete er, „für diese Seite habe ich natürlich nicht Stunden gebraucht. Was dir aber auch einfällt", fügte er mit unerwarteter Schlichtheit hinzu und lachte abermals.

Es dauerte immer ein wenig, bis ihn die Scherze erreichten, oder besser gesagt, die leichten Neckereien, die ich mir vor allem später erlaubte, um dem, was er mir gelegentlich erzählte oder sagte, etwas von seiner Intensität zu nehmen. Es war, als ob er nicht auf Anhieb das ironische Register begriffe, als müßte er auch in diesem Fall eine Übersetzung vornehmen; nach ein paar Augenblicken der Verwirrung oder der Verarbeitung brach er offen in Lachen aus, ein fast weibliches Gelächter in seiner Großzügigkeit, wie verwundert darüber, daß jemand inmitten einer ernsthaften, wenn nicht feierlichen oder sogar dramatischen Unterhaltung fähig war, Witze zu machen, und er dies sehr schätzte, den Witz und die Fähigkeit. Dies passiert gewöhnlich Personen, die glauben, nicht die winzigste Spur von Frivolität zu besitzen; er besaß sie, aber er wußte es nicht. Als ich seine Reaktion sah, wagte ich eine weitere spöttische Bemerkung (vielleicht soll ich sagen, daß ich hauptsächlich auf diese Weise Sympathie und Zuneigung bekunde) und sagte zu ihm: „Eigentlich fehlt dir nur noch, publizieren zu können, um ein idyllisches Leben zu haben, wie in einer Erzählung von Scott Fitzgerald, bevor den Figuren alles schiefzugehen beginnt." Das ließ ihn ein wenig düster werden, mir kam der Gedanke, daß es vielleicht an der Erwähnung eines Autors lag, der ihn überhaupt nicht interessieren dürfte, weniger noch als mich. Er antwortete mir mit großem Ernst: „Etwas habe ich auch zuviel." Er machte eine theatralische Pause, als würde er für sich klären, ob er mir das, was ihm bereits auf der Zunge lag, erzählen würde oder nicht. Ich schwieg. Er ertrug es (er ertrug das Schweigen besser als jeder andere); ich nicht. Ich fragte: „Und was?" Er wartete noch ein wenig und antwortete dann: „Ich bin melancholisch." – „Na", sagte ich, ohne ein Lächeln vermeiden zu können, „das nehmen gewöhnlich die in Anspruch, die übermäßige Privilegien genießen, für die sie um Entschuldigung bitten müssen. Aber es ist eine alte Krankheit und wird daher nicht so schlimm sein, nehme ich an; nichts Klassisches ist sehr schlimm, nicht wahr?"

Bei ihm gab es fast nie Hintergedanken, und er beeilte sich, das aufzuklären, was er für einen Irrtum hielt. „Ich leide fast ständig unter melancholischer Depression", sagte er, „ich stehe unter Medikamenten, und das dämpft sie, und wenn ich die Medikamente absetzen würde, würde ich mich umbringen, das ist so gut wie sicher. Bevor ich nach Paris ging, habe ich es schon einmal versucht. Nicht, daß mir etwas Konkretes, irgendein Unglück zugestoßen wäre, ich litt einfach und konnte das Leben nicht ertragen. Das kann mir jeden Augenblick wieder passieren, natürlich würde es mir passieren, wenn ich die Medikamente absetzen würde. Das sagt man mir und wahrscheinlich zu Recht, ich bin Arzt." Er dramatisierte nicht, er sprach absolut leidenschaftslos darüber, im gleichen Ton, in dem er mir alles übrige erzählt hatte. „Wie war das damals?" fragte ich. „Im Landhaus meines Vaters, in Gerona, in der Nähe von Cassá de la Selva. Ich habe mit einem Karabiner auf die Brust gezielt und den Kolben zwischen die Knie geklemmt. Sie zitterten, sie gaben nach, die Kugel schlug in eine Wand ein. Ich war zu jung", fügte er wie zur Entschuldigung hinzu und lächelte freundlich. Er war ein sehr aufmerksamer Mann und ließ mich nicht bezahlen.

*

Wir schrieben uns, wir begannen uns zu sehen, wenn ich nach Paris reiste, es kann sein, daß ich wenige Monate später hinreiste, um mich von einer mißhelligen Erfahrung zu erholen, dort konnte ich bei einer italienischen Freundin wohnen, deren Gesellschaft mich immer amüsiert und folglich getröstet hat. Die von Xavier Comella interessierte und zerstreute mich damals, später verwandelte sie sich in etwas, das nach Wiederholung verlangte, wie es mit der Gesellschaft der Personen geht, mit denen man auch in ihrer Abwesenheit rechnet.

Xavier lebte zeitweise bei seinem Schwiegervater, mit seiner Frau Éliane, einer geborenen Französin mit chinesischen Gesichtszügen, zart bis zum Übermaß, wie es jeder orientalischen Frau gebührt, die sich für raffiniert hält, und sie war es außerdem. Ihr phantastischer Geschmack für Farben, den ihr Ehemann so sehr gerühmt hatte, ging in keine Leinwand ein, sondern in die Dekoration, bis zum damaligen Zeitpunkt, so schien mir, eher von Wohnungen von Freunden und Bekannten als von wirklichen Kunden, auch die des Restaurants ihres Vaters, des Schwiegervaters, das ich nie besuchte, das jedoch Xavier zufolge „das erlesenste chinesische Restaurant Frankreichs" war, was auch nicht zuviel besagte oder zumindest rätselhaft war. In Gegenwart seiner Frau nahmen die Aufmerksamkeiten dessen, der zu meinem Freund wurde, extreme Ausmaße an, was so weit ging, daß sie zuweilen leicht lästig wurden: er bat mich, nicht zu rauchen, da der Rauch ihr Übelkeit verursachte; in den Cafés mußten wir uns aus dem gleichen Grund und weil dort die Luft besser zirkulierte immer auf die verglasten Terrassen setzen und uns in einer Weise verteilen, daß sie mit dem Rücken zur Straße saß, denn der Anblick des Verkehrs machte sie benommen; man konnte nicht in ein Lokal oder in ein Kino gehen, das halb voll war, denn Éliane ängstigten die Massen, und natürlich auch in keinen Keller und in keine Kaschemme, denn sie verursachten bei ihr Klaustrophobie; man mußte gleichfalls sehr weite Räume wie die Place Vendôme meiden, denn sie litt ebenso unter Agoraphobie; sie konnte nicht länger stehen ohne zu gehen, als eine Ampelphase dauert, und wenn man für ein Theater oder ein Museum Schlange stehen mußte, sei es auch nur wenige Minuten, begleitete Xavier Éliane zu irgendeinem nahegelegenen Café und deponierte sie dort – nachdem er festgestellt hatte, daß keine Gefahren lauerten, was bei deren Vielfalt seine Zeit brauchte –, damit sie sitzend und geschützt warten konnte; das eine gab das andere, und wenn er an meine Seite zurückkehrte, um sich mit meinem langsamen Vorrücken zu solidarisieren, hatte ich die Karten oder Eintrittskarten schon gelöst, und man mußte zurück, um sie zu holen; in der Zwischenzeit hatte sie einen Tee bestellt, und man mußte warten, bis sie ihn getrunken hatte, mehr als einmal begann die Vorstellung ohne uns oder mußten wir das Museum im Sturmschritt besichtigen. Mit beiden auszugehen, war etwas lästig, nicht nur dieser Zwänge und Unannehmlichkeiten wegen, sondern weil das Schauspiel der Anbetung niemals angenehm ist, noch weniger, wenn der Anbetende jemand ist, für den man Wertschätzung empfindet: Es flößt Unbehagen ein, Scham, im Fall von Xavier Comella war es, als würde man der Offenlegung – oder einem Teil – seiner leidenschaftlichsten Intimität beiwohnen, etwas, das wir nur bei uns selbst dulden – wie unser eigenes Blut, wie unsere abgeschnittenen Fingernägel. Und vielleicht war es noch peinlicher, weil man, wenn man Éliane sah, es verstehen oder sich vorstellen konnte: Nicht, daß sie eine außergewöhnliche Schönheit gewesen wäre, und sie war auch eher schweigsam (natürlich bat sie weder um etwas noch protestierte sie wegen etwas, denn das war nicht vereinbar mit der Raffinesse, und sie brauchte es auch nicht: Xavier war ein eifriger und vollkommener Interpret ihrer Bedürfnisse); in der Erinnerung ist sie für mich eine völlig verschwommene Gestalt, aber ihr größter Reiz – und dieser war sehr ausgeprägt – bestand wahrscheinlich darin, daß man sie auch bei ihrer Anwesenheit, in der Gegenwart, bereits wie eine Erinnerung empfand, eine diffuse, schwache Erinnerung und als solche harmonisch und friedlich, beruhigend und ein wenig wehmütig und ungreifbar. Sie in den Armen zu halten mußte sein, als würde man umarmen, was man verloren hat, bisweilen geschieht das in Träumen. Xavier sagte mir einmal, er sei seit dem vierzehnten Lebensjahr in sie verliebt; ich wagte nicht zu fragen, wie und wo er sie so früh kennengelernt hatte, ich frage nicht viel. Ein Bild von beiden zusammen, das alle anderen beherrscht, hat sich mir eingeprägt: Auf einem Blumen- und Pflanzenmarkt unter freiem Himmel setzte eines Vormittags heftiger Regen ein, aber der Ausflug war unternommen worden, damit Éliane die ersten Pfingstrosen des Jahres und noch andere Sträuße auswählen konnte, so daß es niemandem einfiel noch Anlaß gab, sich unterzustellen, vielmehr spannte Xavier seinen Regenschirm auf und trug Sorge dafür, daß während ihres ausführlichen und unveränderlichen Rundgangs kein Tropfen auf sie fiel, ihr im Abstand von zwei Schritten mit seiner undurchlässigen Kuppel folgend, während er sich wie ein ergebener und daran gewöhnter Diener durchnässen ließ. Ein paar Schritte hinter ihnen ging ich, ohne Regenschirm, aber ohne zu wagen, aus dem Gefolge zu desertieren, Diener niedrigeren Ranges, weniger inbrünstig und ohne Belohnung.

Wenn wir uns ohne sie verabredeten, redete und erzählte er mehr, auch mehr als in den Briefen, die herzlich waren, aber sehr nüchtern, bisweilen von einer Bündigkeit, die so angespannt war, daß sie eine Explosion ankündigte – wie seine Stirn mit der straff gespannten

Haut und den hervortretenden Adern –, die außerhalb des Umschlags stattfinden würde. Es war in ihrer Abwesenheit, daß er mir von seinen heftigen Wutanfällen erzählte, die so schwer vorstellbar waren, im Lauf von dreizehn oder vierzehn Jahren erlebte ich keinen einzigen, wenn es auch stimmt, daß wir uns nur von Zeit zu Zeit sahen und sein Leben mir jetzt wie ein abgegriffenes Buch mit zahlreichen unbedruckten Seiten erscheint, oder wie eine Stadt, die man nur nachts und auf der Durchreise gesehen hat, wenn auch viele Male. Einmal erzählte er mir, daß er bei einem kürzlichen Besuch in Barcelona schweigend die spöttischen Ermahnungen seines Vaters erduldet habe, der sich von seiner Mutter getrennt und erneut geheiratet hatte, bis er in einer plötzlichen Anwandlung begonnen habe, ihm die Wohnungseinrichtung zu zertrümmern, er habe Möbel gegen die Wände geworfen und Kronleuchter heruntergerissen, Gemälde aufgeschlitzt und Bücherregale umgeworfen und natürlich den Fernseher in Stücke geschlagen. Niemand habe ihn aufgehalten; er habe sich nach einigen zerstörerischen Minuten beruhigt. Er erzählte es ohne Selbstgefälligkeit, aber auch ohne Reue oder Betrübnis. Diesen Vater lernte ich in Paris kennen, mit seiner neuen holländischen Frau, die einen Brillanten an einem ihrer Nasenflügel trug (sie war ihrer Zeit voraus). Mit Namen Ernest, glich er Xavier nur in der knochigen Stirn; er war sehr viel größer und hatte schwarzes Haar ohne eine graue Strähne, vielleicht gefärbt, ein eingebildeter Mann, nachgiebig und sorglos, leicht hochmütig seinem eigenen Sohn gegenüber, den er ganz offensichtlich nicht ernst nahm, obwohl dies vielleicht nichts Besonderes war, da er nichts in dieser Weise zu nehmen schien. Er wirkte wie ein in sich verkapseltes Herrensöhnchen, das seine Zeit noch immer damit verbrachte, Pferderennen zu sehen, Tontauben zu schießen und – in jener Saison – in Abhandlungen zur hinduistischen Philosophie zu blättern, eines dieser immer seltener werdenden Individuen, die ständig einen seidenen Hausmantel zu tragen scheinen. Xavier nahm ihn gleichfalls nicht ernst, aber er konnte sich nicht ebenso hochmütig geben, zum Teil, weil er ihn zur Weißglut reizte, auch, weil er diesen Charakterzug nicht geerbt hatte.

Es war ebenfalls in Élianes Abwesenheit, daß Xavier mir zwei oder drei Jahre nach unseren ersten Begegnungen vom Tod seines neugeborenen Kindes erzählte, ich erinnere mich nicht, ob erwürgt durch seine eigene Nabelschnur, oder wahrscheinlich nicht, denn woran ich mich sehr wohl erinnere, ist einer seiner wortkargen Kommentare (er hatte mir nicht einmal gesagt, daß sie es erwarteten): „Für Éliane war es schlimmer als für mich“, sagte er. „Ich weiß nicht, wie sie reagieren wird. Das schlimmste ist, daß das Kind existiert hat, wir können es also nicht vergessen, wir hatten ihm schon einen Namen gegeben.“ Ich fragte ihn nicht, was für einen Namen, um mich nicht auch an es erinnern zu müssen. Jahre später, in einem anderen Zusammenhang – aber vielleicht dachte er an nichts anderes –, schrieb er mir: „Es ist widerwärtig, das begraben zu müssen, was gerade geboren wurde.“ Er hatte sich noch nicht von Éliane getrennt – oder Éliane von ihm – an dem Tag, an dem er mir von einem literarischen Projekt erzählte, das ein Experiment erforderlich machte, er sagte zu mir: „Ich werde einen

Essay über den Schmerz schreiben. Ich dachte zuerst daran, eine streng medizinische Abhandlung zu verfassen und ihr den Titel *Schmerz, Anästhesie und Dysästhesie* zu geben, aber ich muß weitergehen, was mich wirklich am Schmerz interessiert, ist das Geheimnis, das er darstellt, sein ethischer Charakter und seine Beschreibung durch Worte, und all das ist etwas, das in meiner Reichweite liegt; ich habe geplant, in ein paar Tagen mit meinen Medikamenten gegen die melancholische Depression auszusetzen und zu sehen, was passiert, zu sehen, wie lange ich aushalten kann, und den Prozeß meines geistigen Schmerzes zu untersuchen, der am Ende in verschiedener Form körperlich wird, vor allem jedoch durch unvorstellbare Migräneanfälle. Das Wort Migräne wirkt immer leicht; Schuld daran sind die unbefriedigten oder menschenscheuen Ehefrauen, aber es beinhaltet eines der größten Leiden, die der Mensch erfahren kann, das steht fest. Es gibt die Möglichkeit, daß es zu spät ist, wenn ich das Experiment einstellen möchte, aber ich muß diese Erforschung einfach durchführen.“ Xavier Comella hatte noch mehr Romane und noch mehr Gedichte und eine Reihe von „Nachtwachen“ und eine Epistemologie geschrieben, und wir hatten es geschafft, daß der Madrider Verlag, der uns zusammengeführt hatte, von all dem schließlich die Publikation seines Romans *Vivisektion* akzeptierte, der sehr viel umfangreicher war als der, den ich gelesen hatte; er hatte jedoch noch nicht das Licht der Öffentlichkeit erblickt aufgrund endloser Verzögerungen, und er arbeitete an einer Übersetzung von Burtons *Anatomie der Melancholie* im Auftrag desselben Verlags, der ihn auch seines Berufs wegen für diese Aufgabe ausgewählt hatte. Er war nach wie vor ein unveröffentlichter Schriftsteller, und von Zeit und Zeit faßte er verzweifelt den Entschluß, es für immer zu bleiben; er annullierte Verträge, die man dann wieder zusammenstellen mußte, zum Glück war der Verleger ein geduldiger, risikofreudiger und herzlicher Mensch, etwas, das es fast nicht gibt. „Dir liegt gar nichts daran, daß dein Buch veröffentlicht wird", sagte ich zu ihm. „Doch, natürlich", antwortete er, „aber ich kann nicht warten, und mit dem Essay über den Schmerz werde ich sechzig Prozent meines Werkes vollendet haben", erklärte er einmal mehr mit der gewohnten Genauigkeit. „An dem Tag, an dem ich dich kennenlernte, hast du mir gesagt, daß du dich ohne deine Medikamente höchstwahrscheinlich umbringen würdest, und wenn das passieren würde, dann bliebe dein Werk bei nur fünfzig Prozent oder weniger stehen, das hängt von dem Prozentsatz ab, den dein Essay einnimmt. Und fünfzig Prozent ist wenig, oder?" Er brach in Lachen aus, wie üblich mit Verspätung, und sagte mit der seltsamen sprachlichen Schlichtheit, in die er manchmal verfiel: „Du hast vielleicht Einfälle . . ." Ich machte mir keine allzu großen Sorgen, ich dachte immer, seine Wahrheit sei übertrieben, wenn er mir die dramatischsten und spektakulärsten Episoden erzählte.

Während der folgenden Monate wurden seine Briefe noch karger als gewöhnlich und seine kindliche Schrift noch hastiger. Nur, wenn er sich verabschiedete, sagte er irgendeinen Satz über sich selbst oder seinen Zustand oder über den Fortgang seines Experiments: „Heutzutage ist die maximale Geschwindigkeit zur Zukunft hin nach wie vor unzureichend, und wir altern nicht im Verhältnis zu ihr, sondern im Verhältnis zu unserer Vergangenheit. Meine vollendete Zukunft hat es eilig; meine vollendete Vergangenheit hat keine Zügel." Oder: „Immer habe ich in der Furcht gelebt, eines Tages endgültig verstummen zu müssen. Tja, mein Freund, ich bin verzagter denn je." Aber wenig später: „Ich werde innerlich immer unverwundbarer und äußerlich immer brennbarer." Und nach einiger Zeit: „Nicht leben oder sterben, sondern dauern ist vielleicht das heroischste am Menschen." Und im nächsten Brief: „Was wird man von uns denken? Was denken wir von uns? Was magst du von mir denken? Ich will es nicht wissen. Aber die Frage erzeugt eine gewisse Niedergeschlagenheit. Nicht mehr und nicht weniger." – „Wie ich Dir bei unserem Gespräch gegenüber dem Luxembourg sagte", schrieb er einmal in bezug auf das Werk, dessen Heraufkunft er beschwor, „besteht mein Zugang darin, einen Rückfall in die endogene Kolik herbeizuführen, und wenn die Mäander der ersten siebzig Glossen Dich zur letzten führen, wirst Du den Grund verstehen, um so mehr, wenn Du Dich an das erinnerst, was ich Dir über die privilegierten Bedingungen gesagt habe, die meine Krankheit bietet. Natürlich ist diese Rückkehr in den Hades ein wenig brutal, und ich bin der erste, der es mir vorwirft, aber wieso sich mit Thunfischen begnügen, wenn man das Angelgerät für einen Hai besitzt?" Und weiter: „Es geht mir nicht ein weiteres Mal schlecht. Es ist dasselbe Mal." Er mußte das Experiment eher als erwartet abbrechen; er rechnete damit, daß er sechs Monate brauchen würde, um den Kulminationspunkt zu erreichen, und nach vier mußte er für zwei Wochen ins Krankenhaus, außerstande, ohne seine Medikamente auszukommen und noch immer ohne Mittel, um mit dem Schreiben zu beginnen. Ich weiß, daß seine Familie und die Ärzte sehr mit ihm gezankt haben.

Wenig später kam es zu einer Kette von Rückschlägen und Veränderungen, obwohl er sie mir in Abständen übermittelte, sicher aus Taktgefühl: Erst einige Zeit, nachdem es dazu gekommen war, teilte er mir die Trennung von Éliane mit. Er gab mir keine eindeutigen Erklärungen, aber im Verlauf unseres Gesprächs – dieses Mal in Madrid, während eines Besuchs bei einem Bruder, der jetzt dort lebte – machte er Andeutungen darüber, und ich verstand vier: ein totes Kind verbindet nicht unbedingt, sondern trennt bisweilen, wenn das Gesicht des einen den anderen nur an diesen Tod erinnert; die Jahre des Wartens auf etwas Konkretes, ein Buch und seine Veröffentlichung, werden gerade dann zunichte, wenn das Erwartete eintrifft; was in der Kindheit entsteht, geht nie zu Ende, aber es erfüllt sich auch nicht; der eigene Schmerz ist nicht etwas, das man ertragen kann, sondern etwas, das man ertragen muß, was man aber nicht kann, ist verlangen, daß wir dem Schmerz beiwohnen, den andere sich auferlegen, denn nie werden wir dessen Notwendigkeit sehen. Dieser Bruch bedeutete indes nicht das Ende der Anbetung: Xavier vertraute darauf, daß die Scheidung Zeit brauchte, auch darauf, daß Éliane Paris nicht verlassen würde, man bot ihr eine ausgezeichnete Arbeit als Dekorateurin in Montreal an.

Später teilte er mir mit, daß sein Erbe oder sein Einkommen an ihr Ende gelangt seien (vielleicht waren es Beträge, die der Vater von den Familiengeschäften abzweigte, und er war es leid geworden, mit der Praxis fortzufahren). Bislang war seine einzige bezahlte Arbeit die monumentale Übersetzung von Burton gewesen, von der er noch keine fünfzig Prozent fertiggestellt hatte; er kannte keine festen Arbeitszeiten, natürlich nicht das frühe Aufstehen. Er beschloß daraufhin, seinen vergessenen Beruf auszuüben, und unternahm Schritte, um es in Paris zu tun, das er in keinem Fall verlassen wollte, solange Éliane dort sein würde. Er wartete auf die Staatsangehörigkeit und den staatlichen Doktortitel, er mußte am Anfang als Krankenwärter arbeiten, dann in einer Poliklinik („Männer und Frauen, Alte und Junge, verwandelt in ein Elektrogeschäft; dort gehe ich hin, um zwischen Fürchterlichkeiten und Nichtigkeiten zu entscheiden"). Er war kurz davor, sich Médecins du Monde oder Médecins sans Frontières anzuschließen, Organisationen, die ihn eine Zeitlang nach Afrika oder Mittelamerika geschickt hätten, bei bezahlten Unkosten, aber ohne Gehalt, von dort wäre er ohne einen Pfennig in der Tasche zurückgekommen. Er verfügte nicht mehr über seine ganze Zeit, um zu schreiben, und verlangsamte die Geschwindigkeit, mit der er sein berühmtes Hundert vollmachen wollte. Über Éliane wollte er nicht viel sprechen, wohl aber über andere junge oder nicht so junge Frauen, darunter meine italienische Freundin, die ich ihm vor Jahren vorgestellt hatte: ihm zufolge war sie sehr grausam gewesen; ihr zufolge hatte sie sich nur verteidigt. Nach einer gemeinsam verbrachten Nacht verließ er ihre Wohnung, um wenige Stunden später mit seinem Gepäck wiederzukommen, bereit, dort zu leben. Er wurde mit weiblicher Empörung hinausgeworfen. Ich hörte beide Versionen und äußerte keine Meinung, nur Bedauern.

Er war kein unveröffentlichter Autor mehr, aber sein Roman verkaufte sich nicht in Spanien und wurde kaum rezensiert, wie vorauszusehen war. Wenn ich nach Paris kam, verabredeten wir uns gewöhnlich zum Abend- oder zum Mittagessen im Balzar oder Chez Lipp, und daran änderte sich nichts, aber jetzt ließ er zu, daß ich einlud, wo er doch immer das Gesetz der Gastfreundschaft durchgesetzt hatte: Du bist ein Fremder, und das ist meine Stadt. Nach wie vor kleidete er sich gut – ich erinnere mich an ihn vor allem in einem eleganten Regenmantel –, als könnte er aus Höflichkeit nicht darauf verzichten, womöglich das einzige Erbe des Vaters. Aber vielleicht kombinierte er die Farben nicht mehr so passend, als hätte dies von Élianes außergewöhnlichem Sinn für sie und für alles Ornamentale abgehangen. Einmal erwähnte er sie in einem Brief: „Aus der von Éliane abgetrennten Wurzel entfahren Blitze wie wilde Triebe, durch die mir die Hälfte des Lebens entweicht", schrieb er. In den zwei Jahren, in denen wir uns nicht sahen, änderte er sich äußerlich ein wenig und bereitete mich mit seinem üblichen Takt darauf vor: „Ich bin nicht nur geistig erschöpft, sondern auch in schlimmer körperlicher Verfassung. Zeuge dafür ist die galoppierende Kahlheit, die mich zwingt, eine Mütze zu tragen, um mich vor dem übellaunigen Herbst dieser Breiten zu schützen." Er mußte in ein eher nordafrikanisches Stadtviertel umziehen. Bei einer meiner Reisen nahm er nicht das Telefon ab, obwohl ich wußte, daß er in Paris war. Ich dachte, daß man es ihm womöglich abgestellt hatte, nahm die Metro und präsentierte mich in seiner abgelegenen und unbekannten Wohnung, das heißt, wie sich herausstellte, in seinem winzigen und spärlich möblierten Zimmer, Bleibe der Trostlosigkeit. Aber in Wirklichkeit ist mir von dieser Szene nur sein freudiges Gesicht in Erinnerung geblieben, als er mich auf der Schwelle sah. Auf seinem Arbeitstisch stand ein Glas Wein.

*

Die Dinge wurden ein wenig besser, während ich mich entfernte und nach Italien und nicht mehr nach Paris reiste, wenn ich reiste. Xavier Comella fand schließlich die perfekte Arbeit für seine Pläne, wenn sie ihm auch – im Einklang damit – nicht allzuviel Geld einbrachte: stellvertretender oder Ersatz-Arzt in einem Krankenhaus, er arbeitete fast nur, wenn er es brauchte oder es wollte; sofern er nur ein Minimum an Vertretungen im Monat absolvierte, stand es ihm frei, die Zahl je nach seinen Kräften oder Bedürfnissen zu erhöhen, und dies erlaubte ihm, wieder Zeit zu haben für die ungeduldige Ausführung seines Werkes. Diese Ungeduld verstand ich nicht so recht, hatte doch nach *Vivisektion* nichts anderes das Licht der Öffentlichkeit erblickt: weder sein Roman *Hekate* noch der mit dem Titel *Das Schwert ohne Schneide*, noch seine *Abhandlung über den Willen*, noch seine Gedichte, die er mir manchmal schickte, wurden von irgendeinem Verlag angenommen. Ich erinnere mich an zwei Verse aus einer „Nachtwache“, die ich erhielt: „Wache deines gepaarten Geistes/Es ist der Schlaf, in dem ich, weil Körper, mich verneine.“ Was er schrieb, war nach wie vor schwer verständlich, was er schrieb, besaß Glanz. Ich las ihn wenig, er arbeitete weiter an der Übersetzung der *Anatomie*.

Wir kannten uns bereits zehn oder elf Jahre, als wir eines Vormittags wieder einmal auf der verglasten Terrasse eines Cafés in Saint-Germain saßen. Sein Aussehen war gepflegter geworden, und er hatte gelernt, sich das allmählich spärlicher werdende Haar so zu kämmen, als sei es blonder geworden. Er wirkte gutgestimmt nach all den Jahren, in denen er unter so vielen Übeln gelitten hatte, und informierte mich über die bedeutenden Fortschritte seiner Schriften, er habe dreiundachtzigeinhalb Prozent der Gesamtheit seines Werkes erreicht, wie er mir sagte, wobei er meine diesbezügliche Ironie schon einkalkulierte. Dann nahm er seine vertrauliche Haltung an und wurde ernster: ihm fehlten nur noch zwei Texte, um das Ganze zu beenden, ein Roman, der den Titel *Saturn* haben würde, und der aufgeschobene Essay über den Schmerz. Der Roman wäre der letzte, seiner technischen Komplikationen wegen, und jetzt fühlte er Kraft genug, um zu seinem Experiment zurückzukehren und erneut die Medikamente abzusetzen. Er vertraute darauf, dieses Mal lange genug auszuhalten, um mit dem Schreiben beginnen zu können, mit allem Wissen, das er haben mußte. „In diesen Jahren, in denen ich meinen Beruf ausgeübt habe, habe ich viel Schmerz gesehen, und ich habe ihn sogar verwaltet; ich habe ihn bekämpft, und ich habe ihn zugelassen, je nachdem, was vorteilhafter für den Patienten war; ich habe ihn völlig ausgeschaltet mit Morphium und anderen Medikamenten und Drogen, die man nicht auf dem Markt findet und zu denen nur wir Ärzte Zugang haben, viele sind ein Geheimnis, das so wohlgehütet wird, als wäre es ein Kriegsgeheimnis, was die Apotheken und Polikliniken ausgeben, ist ein winziger Teil dessen, was es gibt; aber für alles gibt es einen schwarzen Markt. Den Schmerz habe ich gesehen, habe ich beobachtet, habe ich abgestuft, habe ich gemessen, aber jetzt ist es an mir, ihn erneut zu erleiden, nicht nur den körperlichen, den man leicht findet, sondern den psychischen, den Schmerz, der bewirkt, daß der denkende Kopf nichts anderes will, als mit dem Denken aufzuhören, und nicht kann. Ich bin der Überzeugung, daß der größte Schmerz der des Bewußtseins ist, gegen den es kaum ein Mittel und für den es kaum Linderung gibt, und kein anderes Ende als den Tod, und nicht einmal dessen sind wir sicher." Dieses Mal versuchte ich nicht, ihn davon abzubringen, nicht einmal in der indirekten und leichten Art, in der ich es angesichts seiner ersten Ankündigung der persönlichen Forschung getan hatte. Wir hatten großen Respekt voreinander, ich sagte nur: „Gut, halt mich auf dem laufenden."

Man kann nicht behaupten, daß er es tat, das heißt, er informierte mich nicht über seinen Prozeß noch über seine Gedanken, vielleicht, weil er nur indirekt und mittels Gefühlen und Symptomen und Gemütszuständen darüber sprechen konnte, auf die er sich ohne Schwierigkeiten bezog, und so erzählte er in seinen Briefen der folgenden Monate – ich war in Madrid oder in Italien – nicht viel von dem, was ihm widerfuhr oder was er dachte, Briefe, die bündiger waren als gewöhnlich, aber dann und wann gab er einen Satz von sich, der mich betrübte, einen Satz, der deutlich war oder rätselhaft, vertraulich oder kryptisch, je nachdem; von den zweiten, die gewöhnlich am Ende des Briefes erschienen, kurz vor der Abschiedsfloskel oder sogar danach, als Postskriptum, habe ich heute einige wiedergelesen: „Schmerz, Denken, Lust und Zukunft sind die vier notwendigen und hinreichenden Chiffren meines Interesses." – „Nichts befleckt mehr als ein Übermaß an Scham: Bezahl, bevor du dein eigener Shylock wirst." – „Setzen wir alles daran, um nicht den Schlußwaggon fahren zu lassen." – „Wenn du nicht die Verlassenheit verläßt, wird die Verlassenheit transitiv werden und dich verlassen, und transitiv nicht im *dich*, sondern darin, dich verlassen zu machen." – „Ich umarme Dich, und laß Du keinen in Ruhe. Sie könnten Dich dafür bezahlen lassen." Solche Dinge schrieb er. Unter den ersten gibt es Kontinuität, sogar Fortschritt: „Ich habe weder Lust, zu schreiben, noch Lust, zu arbeiten, zu reisen, zu denken, nicht einmal zu verzweifeln", schrieb er, und im nächsten: „Ich lese, weil ich mir den Anschein der Beschäftigung gebe." Etwas später dachte ich, er habe sich ein wenig erholt, denn er erwähnte offen – dieses einzige Mal – den Versuch, dem er sich unterzog: „Was meine ethische Erfahrung des endogenen Schmerzes betrifft, so warte ich nach wie vor darauf, daß die Zeitbombe explodiert, die ich zu Beginn des Sommers gebaut habe, aber ich kenne weder den Tag noch die Stunde. Du siehst also, aber schau nicht zu genau hin, es ist zu erbärmlich, um Beachtung zu verdienen, und wenn etwas Titanisches an dem Ganzen ist, dann fühle ich mich ehrlich gesagt schlicht wie ein Zwerg." Ich weiß nicht, was ich ihm antwortete, auch nicht, ob ich ihm Fragen stellte, man vergißt seine eigenen Briefe, sobald man sie in den Briefkasten wirft oder noch vorher, wenn man den Umschlag anleckt und zuklebt. Er fuhr fort, mir knapp Bericht über seine Tatenlosigkeit zu erstatten: „Ein wenig Medizin, sehr wenig Feder, etwas mehr Rückzug. Feuchtes Laub." Ich erinnerte mich, daß er bei seinem ersten und gescheiterten Versuch von sechs Monaten gesprochen hatte, die er ohne seine Medikamente hätte aushalten müssen, um zu erreichen, wonach er strebte, und deshalb erwartete ich, daß mit Beginn des Winters seine Zeitbombe explodieren würde oder aber er sie entschärfen müßte, wäre es auch, um geradewegs wieder im Krankenhaus zu landen. Aber diese Jahreszeit trug nur zu seiner Verschlimmerung bei, die er aber wohl nicht für ausreichend hielt: „Ich bin gleichsam blutleer seit zwei Monaten. Weder schreibe ich, noch lese ich, noch höre ich, noch sehe ich. Ich höre Donner, das wohl, aber ich weiß nicht, ob es ein Gewitter ist, das sich entfernt oder sich nähert, auch nicht, ob es vergangen oder zukünftig ist. Hier ende ich: Der Geier pickt schon auf der linken Hemisphäre herum." Ich nahm an, daß er die Migräne meinte, die ihn quälte.

Dann vergingen fast zwei Monate ohne jede Nachricht, und nach dieser Zeit erhielt ich in Madrid einen Anruf von Éliane. Nach ihrer Trennung hatte ich keinerlei Kontakt mit ihr gehabt, aber ich war nicht fähig zur Überraschung, sondern dachte sofort an das Schlimmste. „Xavier hat mich gebeten, dich anzurufen", sagte sie in französisch mit dieser Zeitform, die so wenig darüber aussagt, wann das Geschehene geschehen ist, und bevor sie fortfuhr, überlegte ich, ob er sie vor seinem Tod darum gebeten hatte oder in diesem Augenblick, wenn er lebte. „Er hat einen sehr schweren Rückfall gehabt und ist im Krankenhaus, vielleicht für einige Zeit; vorläufig kann er dir nicht schreiben, und er wollte nicht, daß du dir zu große Sorgen machst. Es ging ihm schlecht, aber es geht schon besser." Es gab in ihren Worten so viel Konvention, wie statthaft war bei einem solchen Anruf, aber ich wagte, sie zwei Dinge zu fragen, obwohl dies bedeutete, eine Erinnerung zu verletzen, das heißt denjenigen, der schon zweifach Erinnerung war: „Hat er versucht, sich umzubringen?" – „Nein", antwortete sie, „das war es nicht, aber es ging ihm sehr schlecht." – „Wirst du zu ihm zurückkehren?" – „Nein", antwortete sie, „das ist unmöglich."

In den beiden letzten Jahren unserer Freundschaft schrieben wir uns weniger und sahen wir uns weniger, ich reiste nur einmal nach Paris, er kehrte nicht mehr nach Madrid zurück. Er hörte allmählich auf, meine Briefe zu beantworten, oder nahm sich zuviel Zeit dafür, und alles erfordert einen Rhythmus. Es gibt noch mehr sehr trostlose Dinge, die ihn betrafen, aber ich will sie jetzt nicht erzählen, ich habe sie nicht erlebt und erfuhr nur durch seine vertraulichen Mitteilungen von ihnen. Das letzte Mal sahen wir uns anläßlich einer sehr kurzen Reise von mir, wir aßen im Balzar zu Mittag; er hatte ein wenig zugenommen – die Brust gewölbt –, und das stand ihm nicht schlecht. Er lächelte oft, wie jemand, für den es ein Ereignis darstellt, zum Mittagessen auszugehen. Er erzählte mir vorsichtig und mit wenigen Worten, daß er während unseres Schweigens endlich den Essay über den Schmerz geschrieben habe. Er glaubte, daß man ihn veröffentlichen würde, aber über den Text sagte er nichts weiter. Jetzt war er bereits mit dem letzten beschäftigt, *Saturn*, und er schrieb ohne Pause, aber mit großen Schwierigkeiten an ihm. All das kam mir etwas fremd vor; sein

Leben war für mich noch fragmentarischer, noch phantomhafter geworden, so als würden auf den letzten Seiten des abgegriffenen Buches nur noch die Interpunktionszeichen erscheinen, oder als hätte ich begonnen, auch ihn als Erinnerung zu empfinden oder vielleicht als fiktive Person. Er war fast kahl, aber sein Gesicht war noch immer angenehm. Ich dachte, daß seine Adern, jetzt noch sichtbarer, wie Hochreliefs wirkten. Dort verabschiedeten wir uns, in der Rue des Écoles.

Danach erhielt ich nur noch einen Brief und ein Telegramm, ersteren nach etlichen Monaten, und darin schrieb er: „Ich schreibe Dir nicht, weil ich Dir am Ende etwas zu sagen hätte, sondern gerade weil die Zeit vergeht und mir immer weniger zu erzählen übrigläßt. Nichts Positives. Schrecklicher Winter, zahlloses Zurückweichen, voller Wirbel. Ablagerungen und Chaos. Ein Schweigen der Verlage, das entmaterialisiert. Eine Scheidung von Éliane. Und Ekel angesichts jeder Schöpfung. Die vergangene Woche war von einem Überdruß, der alles eindickte. Vorgestern nacht war es schlimmer: ein Schrei weckte mich, er kam von mir." Und im Postskriptum nach der Unterschrift stand: „Ich werde also nur meine aschgraue Materie ein wenig mehr einschwärzen."

Ich machte mir keine besonderen Sorgen und antwortete nicht, weil ich nach zwei Wochen erneut nach Paris reisen würde. Das war vor zwei Jahren oder etwas mehr. Ich war schon drei Tage in der Stadt, wie immer bei meiner italienischen Freundin, und ich hatte ihn noch nicht angerufen, denn ich wollte erst meine dortigen Beschäftigungen hinter mich bringen. Ich war drei Tage da, als ich von der Straße in die Wohnung kam und die italienische

Freundin, die grausam zu ihm gewesen war oder sich gegen ihn verteidigt hatte, mir die Nachricht seines freiwilligen Todes, vorgestern, gab. Er war nicht mehr zu jung, es ging nicht schief; er war Arzt, er war genau; und er vermied jeden Schmerz. Tage später gelang es mir, mit seiner Mutter zu sprechen, die ich nie kennengelernt hatte; sie sagte mir, Xavier habe den *Saturn* zwei Nächte vor vorgestern beendet (hundert Prozent, das Leben war zu Ende, als das Papier zu Ende war). Er hatte zwei Kopien gemacht, er hatte drei Briefe geschrieben, die auf dem Tisch lagen, neben einem Glas Wein: für sie, für die Agentin, die keinen Erfolg gehabt hatte, für Éliane. In dem Brief an die Mutter erklärte er das Ritual: Er hatte vor, ein paar Seiten zu lesen, etwas Musik zu hören, etwas Wein zu trinken, bevor er sich hinlegen würde. Am Telefon konnte sie mir nicht sagen, welche Musik oder welche Zeilen, und ich habe nicht noch einmal danach gefragt, um mich nicht auch daran erinnern zu müssen. Von den mehr als tausend Seiten von Burtons *Anatomie* hatte er siebenhundert übersetzt - zweiundsechzig Prozent -, und der Rest wartet noch darauf, daß jemand sich entschließt, die Arbeit zu Ende zu führen. Ich weiß nicht, was mit seinem Essay über den Schmerz geschehen ist.

Das Telegramm fand ich bei meiner Rückkehr nach Madrid. Ein Lebender hatte es verfaßt, aber ich las einen Toten. Sein Inhalt lautete: „ALLES GUTE GEHT NICHTS GEHT GUT ALLES ÜBEL KEHRT ZURÜCK ICH UMARME DICH FEST XAVIER."

Heute habe ich einen Brief bekommen, der mich an diesen Freund erinnert hat. Geschrieben hat ihn eine Unbekannte, sowohl für mich als auch für ihn.

Geringere Skrupel

Meine Geldnot war so groß, daß ich mich zwei Tage zuvor für die Probeaufnahmen zu diesem Pornofilm gemeldet hatte, und ich war verblüfft, als ich sah, wie viele Leute sich um eine dieser Rollen ohne Dialoge oder, na ja, nur mit Ausrufen bemühten. Ich war bedrückt und voll Scham hingegangen und hatte mir gesagt, die Kleine müsse was in den Magen bekommen und es sei unwahrscheinlich, daß jemand, der mich kannte, sich diesen Film anschauen würde, obwohl ich weiß, daß am Ende immer alle alles erfahren, was passiert. Aber ich glaube nicht, daß ich es jemals zu etwas bringen werde, so daß man in Zukunft auf die Idee kommen könnte, mich mit meiner Vergangenheit zu erpressen. Außerdem tut man das schon genug.

Als ich die Schlangen in dem Chalet sah, auf der Treppe und im Warteraum (die Probeaufnahmen wie die Dreharbeiten fanden in einem dreistöckigen Chalet in der Gegend von Torpedero Tucumán statt, die ich nicht kenne), bekam ich Angst, daß sie mich nicht nehmen würden, wo doch bis zu diesem Augenblick meine eigentliche Befürchtung das Gegenteil gewesen war, und die andere meine Hoffnung: daß sie mich nicht hübsch oder nicht üppig genug finden würden. Letzteres war eine vergebliche Hoffnung, ich habe mein ganzes Leben lang Aufmerksamkeit erregt, ohne Übertreibung, aber so war es, es hat nicht viel genützt. ‚Verflixt, auch diese Arbeit werde ich nicht bekommen', dachte ich, als ich all diese Frauen sah, die sich darum bewarben. ‚Es sei denn, in dem Film kommt eine Massenorgie vor, und sie brauchen haufenweise Statisten.' Es gab viele junge Frauen in meinem Alter und noch jüngere, auch ältere, Frauen mit allzu hausfraulichem Aussehen, Mütter wie ich ohne Zweifel, aber Mütter ganzer Kinderscharen, mit unwiderruflich verlorener Taille, alle mit ein wenig kurzen Röcken und hochhackigen Schuhen und engen Pullovern, genau wie ich, schlecht geschminkt, in Wirklichkeit war es absurd, wir würden ja nackt auftreten, wenn wir denn auftreten würden. Die eine oder andere hatte die Kinder mitgebracht; sie rannten die Treppe hinauf und hinunter, und die Frauen scherzten mit ihnen, wenn sie vorbeikamen. Es gab auch viele Studentinnen in Jeans und T-Shirt, sie dürften Eltern haben, was würden die Eltern denken, wenn man sie nähme und sie eines Tages zufällig den Film sehen würden; auch wenn das Ganze nur als Video in den Handel käme, machen sie später doch, was sie wollen, am Ende bringen sie die Filme im Fernsehen spät in der Nacht, und ein schlafloser Vater ist zu allem fähig, eine Mutter weniger. Die Leute haben kein Geld, und es gibt viele Arbeitslose; sie setzen sich vor den Fernseher und sehen sich irgendwas an, um die Zeit totzuschlagen oder die Leere, sie empören sich über nichts, wenn man nichts hat, erscheint alles akzeptabel, das Ungeheuerliche wirkt normal, und die Skrupel gehen zum Teufel, und diese Schweinereien richten letztlich keinen Schaden an, man sieht sie bisweilen sogar mit Neugier. Man entdeckt was.

Zwei Typen kamen aus dem oberen Zimmer, in dem die Probeaufnahmen stattfanden, ein Stück weit vom Warteraum entfernt, und als sie die Schlange sahen, schlugen sie die Hände über dem Kopf zusammen und beschlossen, sie langsam abzugehen – Stufe für Stufe – und sie zu dezimieren. „Du kannst gehen“, sagten sie zu einer Frau. „Du paßt nicht, du taugst nicht, du brauchst nicht zu warten", sagten sie zu den matronenhaftesten, auch zu den jungen, die eher schüchtern oder naiv wirkten, und duzten alle. Von einer verlangten sie den Ausweis an Ort und Stelle. „Ich hab ihn nicht bei mir", sagte sie. „Dann raus, wir wollen keine Scherereien mit Minderjährigen", sagte der Größere, den der andere Mir nannte. Der Kleinere trug einen Schnauzbart und wirkte höflicher oder rücksichtsvoller. Sie reduzierten die Schlange auf ein Viertel, wir waren nur noch acht oder neun, und sie ließen uns nacheinander vor. Eine von denen, die vor mir standen, kam nach ein paar Minuten weinend heraus, ich wußte nicht, ob es deshalb war, weil man sie abgelehnt oder weil man etwas Demütigendes von ihr verlangt hatte. Vielleicht hatten sie sich über ihren Körper lustig gemacht. Aber wenn man sich zu solchen Sachen meldet, dann weiß man doch, was einen erwartet. Mir taten sie nichts, nur, was zu erwarten war, sie sagten mir, ich solle mich ausziehen, stückweise zunächst. Hinter einem Tisch saßen Mir und der Kleine und noch einer mit Pferdeschwanz wie ein Triumvirat; dann waren noch ein paar Techniker da, und ein Typ mit einem Affengesicht und roten Hosen stand mit verschränkten Armen herum, von dem ich nicht weiß, was er dort verloren hatte, es konnte ein Freund sein, der sich zu der Sitzung eingefunden hatte, ein Voyeur, ein geiler Bock, das Gesicht war das eines geilen Bocks. Sie machten ein paar Videoaufnahmen, sie schauten mich genau an, hier und dort, in natura und auf dem Bildschirm, dreh dich um, heb die Arme, normal, ein bißchen habe ich mich natürlich geniert, aber ich hätte fast losgelacht, als ich sah, daß sie ganz ernst Notizen auf ein paar Karteikarten machten, wie

Lehrer bei einer mündlichen Prüfung, heiliger Himmel. „Du kannst dich anziehen“, sagten sie dann. „Übermorgen hier, um zehn Uhr. Aber komm gut ausgeschlafen, schlepp uns nicht diese Augenringe an, du weißt nicht, wie die auf dem Bildschirm rauskommen.“ Das sagte Mir, und es stimmte, das mit den Augenringen, ich hatte im Gedanken an die Probeaufnahme kaum ein Auge zugetan. Ich wollte schon rausgehen, als der Typ mit dem Pferdeschwanz, den sie Custardoy nannten, mich einen Augenblick mit der Stimme zurückhielt. „Hör mal“, sagte er, „damit es keine Überraschungen oder Probleme gibt und du uns nicht im letzten Moment sitzenläßt: die Sache ist französisch, kubanisch und Nummer, klar?“ Er drehte sich zu dem Großen um, um sich Gewißheit zu holen: „Griechisch nicht, oder?“ – „Nein, nein, mit der nicht, die ist Anfängerin“, antwortete Mir. Der Magnat löste die Arme und verschränkte sie erneut, verdrossen, was für eine Vogelscheuche mit seinen roten Hosen. Ich versuchte, mich rasch zu erinnern; ich hatte diese Begriffe gehört oder sie in den Kontaktanzeigen der Zeitungen gelesen, vielleicht hatte ich gewußt, was sie bedeuteten, mehr oder weniger. ‚Griechisch nicht‘, hatten sie gesagt, das war mir also egal, zumindest im Augenblick. ‚Französisch‘, da glaubte ich mich zu erinnern. Aber ‚kubanisch‘?

„Was ist kubanisch?“ fragte ich.

Der kleine Mann sah mich vorwurfsvoll an.

„Aber gute Frau“, sagte er und hob die Hände an die Brüste, die er nicht hatte. Ich war nicht sicher, ob ich es recht verstand, aber ich wagte nur, etwas anderes zu fragen: „Ist mein Kollege schon ausgewählt?“ Ich hatte Lust gehabt, ‚mein Schauspielkollege' zu sagen, aber ich dachte, sie könnten es als Spott auffassen.

„Ja, du wirst ihn übermorgen kennenlernen. Mach dir keine Sorgen, er hat Erfahrung und wird dich gut führen." Das war der Ausdruck, den der Kleine benutzte, als spräche er von einem alten Tanz, einem engen Tanz, als es noch Sinn hatte, zu sagen ‚ich führe'.

Jetzt befand ich mich erneut in dem Wartezimmer und wartete auf die Dreharbeiten, wartete mit meinem Kollegen, dem man mich gerade vorgestellt hatte, er gab mir die Hand. Wir hatten uns auf das Sofa gesetzt, das etwas eng war, so daß er sogleich auf einen kleinen dazu passenden Sessel wechselte, um es bequemer zu haben. Der große Typ und der kleine Typ und der mit dem Pferdeschwanz und die Techniker drehten mit einem anderen Paar (ich hoffte, daß der geile Bock nicht da sein würde, sie machten angst, seine Glupschaugen und die abgeflachte Nase, die tödlichen Hosen). Beim Film dauert alles eine Ewigkeit und verspätet sich, wie ich gehört habe, und man hatte uns gesagt, wir sollten warten und uns kennenlernen. Das war absurd. ‚Ich kenne diesen Mann überhaupt nicht, und gleich werde ich ihm einen blasen', dachte ich, und ich konnte nicht umhin, es mit diesen Worten zu denken. ‚Was hat das für einen Sinn, daß wir uns ein bißchen kennenlernen, daß wir reden.' Ich wagte kaum, ihn anzusehen, ich tat es verstohlen, ein Anfall von Scham, höchst unpassend. Als sie ihn mir vorstellten, hatten sie zu mir gesagt: „Das ist Loren, dein Partner." Mir wäre lieber gewesen, sie hätten ihn *partenaire* genannt, aber dieses Wort kennt niemand mehr. Er mochte etwa dreißig Jahre alt sein, trug Cowboyhosen, -hut und

-stiefel, die Schauspieler sind alle amerikanisiert, auch wenn sie Pornodarsteller sind. So fangen viele an, vielleicht käme ja eines Tages der große Erfolg. Er war alles andere als häßlich, trotz der äußeren Aufmachung, einer von diesen athletischen Typen, die ins Fitneßstudio gehen, mit einer leicht hakenförmigen Nase und grauen, ruhigen und kalten Augen; die Lippen waren angenehm, aber ihn würde ich vielleicht nicht küssen müssen, den angenehmen Mund. Er wirkte überhaupt nicht befangen, er hatte die Beine übereinandergeschlagen wie ein Cowboy und blätterte in einer Zeitung, er beachtete mich nicht besonders. Er hatte mich angelächelt, als man uns vorstellte, seine Zähne standen auseinander, das gab seinem Gesicht etwas Kindliches. Er hatte sich dabei den Hut abgenommen, aber dann hatte er ihn wieder aufgesetzt, vielleicht würde er ihn während der Szenen aufbehalten. Er bot mir Lakritzbonbons an, ich wollte nicht, er lutschte zwei auf einmal, vielleicht wäre es besser, wir würden uns nicht küssen. Am Handgelenk trug er ein Band aus Leder oder Elefantenhaut, sehr eng, ich würde es nicht Armband nennen. Ich nehme an, das war modern, ich fühlte mich auf einmal altmodisch mit meinem engen Rock, meinen schwarzen Strümpfen und meinen hohen Absätzen, ich weiß nicht, warum zum Teufel ich mir die höchsten angezogen hatte, die ich besitze, vielleicht würden sie nicht wollen, daß ich sie ausziehe, wenn sie es sähen, vielen Männern gefällt es, uns so zu sehen, nackt und mit hochhackigen Schuhen, ein bißchen infantil, diese ganze Phantasie, er mit Hut und ich mit Schuhen. Mir wurde bewußt, daß ich meinen Rock ein wenig herunterzog, er rutschte zu sehr hoch, wenn ich saß, und das kam mir schon albern vor. Nicht einmal mein *partenaire* beachtete meine Schenkel, und er tat gut daran, noch eine Weile, und es würde weder Rock noch sonstwas geben.

„Entschuldige", sagte ich zu ihm, „du hast schon vorher in so was gearbeitet, nicht?"

Er hob den Blick von der Zeitung, legte sie jedoch nicht zur Seite, als wäre er noch nicht sicher, eine regelrechte Unterhaltung beginnen zu wollen, oder als wäre er eher vom Gegenteil überzeugt.

„Ja", antwortete er, „aber nicht oft, zwei-, nein, dreimal, seit kurzem erst. Aber mach dir keine Sorgen, man vergißt die Kamera sofort. Man hat mir schon gesagt, daß du Debütantin bist." Ich war dankbar, daß er ‚Debütantin' statt ‚Anfängerin' sagte, wie Mir, groß und kahl. „Sei bloß nicht gehemmt, das ist das schlimmste, folge mir und genieß soviel du kannst, und die anderen gar nicht beachten."

„Tja, das sagt sich leicht", antwortete ich. „Ich hoffe, sie haben Geduld, wenn ich nervös werde. Ich bin ein bißchen nervös."

Der Schauspieler Lorenzo lächelte mit seinen auseinanderstehenden Zähnen. Er las die Sportseite. Er wirkte sehr selbstsicher, denn er sagte zu mir:

„Schau, du wirst nicht einmal merken, daß sie drehen. Ich sorg schon dafür." Er sagte es eher mit Naivität als mit Großspurigkeit, deshalb störte es mich nicht, wohl aber, daß er nicht auf den Gedanken kam, daß nicht die Zeugen die Hauptursache meiner wahrscheinlichen Nervosität bei der Szene sein würden.

„Schön", antwortete ich, ohne zu wagen, dies in Zweifel zu ziehen, vielleicht eingeschüchtert. „Aber es wird doch Unterbrechungen geben, oder? Für die verschiedenen Einstellungen und so, oder? Und was ist dann? Was macht man da?"

„Nichts, du ziehst dir einen Morgenmantel an, wenn du willst, und trinkst eine Coca-Cola. Mach dir keine Sorgen", wiederholte er. „Es gibt Schlimmeres. Und wenn du es brauchst, dann haben sie bestimmt Koks."

„Ach ja, es gibt Schlimmeres?" sagte ich jetzt leicht gereizt angesichts seiner übertriebenen Unbekümmertheit. „Das werde ich dann wohl noch nicht kennen. Auf, nenn mir mal was." Er legte endlich die Zeitung beiseite, und ich beeilte mich hinzuzufügen: „Also, ich sag das nicht wegen dir, daß das klar ist, ja? Ich meine nicht dich, du verstehst schon, nicht? Es ist für Geld, aber du wirst zugeben, daß das nicht so leicht zu verkraften ist. Na ja, bei dir weiß ich nicht, aber für mich ist es so."

Loren ging nicht auf meine Erklärungen ein, daß ich ihn nicht verletzen wollte, sondern blieb bei meinen voraufgehenden Sätzen. Er schaute mich mit seinem ruhigen Ausdruck an, aber leicht erregt jetzt, als hätte ich ihn provoziert und als wäre er jemand, dem die Fähigkeit dazu abgeht, sich provoziert zu fühlen, und als sähe er sich außerstande, den passenden Ton zu finden. Auch seine grauen Augen standen leicht auseinander, beide ziemlich weit entfernt von seiner hakenförmigen Nase, die die Lippen nach oben zu ziehen schien, die Art Nasenlöcher, die immer erkältet aussehen.

„Ich werde dir sagen, was schlimmer ist", sagte er. „Ich werde es dir sagen. Was ich vorher gemacht habe war sehr viel schlimmer. Nicht, daß ich vorhabe, für immer in diese Sache hier einzusteigen, aber es ist gut, um über die Runden zu kommen, bis sich etwas anderes bietet, und du weißt nicht, wie wunderbar das ist verglichen mit dem, was ich vorher gemacht habe."

„Und was hast du vorher gemacht? Haben sie dich im Zirkus mit Messern beworfen?"

Ich weiß nicht, warum ich das zu ihm sagte. Ich vermute, es klang beleidigend, so als müßte der Schauspieler Lorenzo zwangsläufig aus dem armseligsten Bereich des Showgeschäfts kommen. Schließlich und endlich war ich in der gleichen Lage wie er, und ich hatte bloß vor nun schon zwei Jahren meine Arbeit verloren und hatte einen Ex-Mann, der verschwunden war, *missing*, und die Kleine bei mir. Vielleicht hatte auch er ein kleines Kind. Und außerdem gibt es keine solchen Shownummern mehr, das ist etwas Altmodisches, sogar Zirkus gibt es kaum noch.

„Nein, du Oberschlaue", sagte er, aber ohne Vorwurf und ohne den Versuch einer Retourkutsche, ich weiß nicht, ob es daran lag, daß er ein Geduldsmensch war oder weil er dazu nicht fähig gewesen wäre. Er sagte es, wie es die Kinder in der Schule sagen: „Nein, du Oberschlaue. Ich war Beschützer."

„Beschützer? Wie, Beschützer? Beschützer von was?" Es war das letzte Wort, das ich von seinen Lippen erwartet hätte, und ich konnte mich nicht verstellen, vielleicht war auch meine Überraschung beleidigend. Ich sah ihn jetzt sehr direkt an, ein Beschützer, er schien einem Spaghetti-Western entsprungen zu sein.

Er faßte sich leicht befangen an die Krempe seines Hutes, als wollte er ihn zurechtrücken.

„Na ja, ich meine, ich hatte jemanden, der meinem Schutz unterstand, meiner Protektion. Wie ein Leibwächter, aber anders."

„Ach so, Leibwächter, aha", sagte ich herablassend und als würde ich ihn in eine niedrigere Kategorie einstufen. „Und, war das so schlimm? Mußtest du dich oft zwischen deinen Chef und die Kugeln werfen oder was?" Ich hatte keinen Grund, fies zu ihm zu sein, aber die Unverschämtheiten entschlüpften mir, vielleicht machte mich die Vorstellung krank, daß ich ihm demnächst einfach so einen würde blasen müssen, der Zeitpunkt rückte immer näher. Unfreiwillig schaute ich ihm zwischen die Beine, gleich wandte ich wieder den Blick. Ich dachte es abermals mit diesem Verb, das Alter macht uns vulgär, oder es macht uns weniger aus, es zu sein, oder es ist die Armut: je weniger da ist, desto geringer die Skrupel. Wenn wir älter werden, wird auch das Leben geringer, es ist nicht mehr so viel da.

„Nein, so ein Leibwächter war ich nicht, ich bin kein Gorilla", sagte er, ohne sich über meine sarkastischen Äußerungen zu ärgern, ernst und ohne Hintersinn und voll Klarheit. „Ich mußte eine Person bewachen, die krank war, um zu verhindern, daß sie sich etwas antat, es ist sehr schwer, das zu verhindern. Man muß vierundzwanzig Stunden im Einsatz sein, die ganze Zeit hellwach, und nie kann man es völlig verhindern."

„Wer war das? Was war mit der Person?"

Loren nahm den Hut ab und begann, den Stulp mit dem rechten Vorderarm zu streicheln, wie es die Cowboys in den Filmen tun. Vielleicht war es eine respektvolle Geste. Sein Haar begann sich zu lichten.

„Es war die Tochter eines reichen Typs, eines Multimillionärs, du kannst dir das nicht vorstellen, einer von diesen Unternehmern, die nicht mal wissen, was sie haben.

Du wirst den Namen schon mal gehört haben, aber ich sag ihn besser nicht. Die Tochter war übergeschnappt, eine Hysterikerin mit Selbstmordneigungen, alle Augenblicke versuchte sie es. Sie konnte wochenlang ein scheinbar normales Leben führen, und dann, plötzlich, ohne Vorwarnung, schnitt sie sich die Pulsadern in der Badewanne auf. Sie war wirklich verwirrt. Sie wollten sie nicht in eine Anstalt sperren, denn das ist sehr hart und außerdem erfährt es am Ende Gott und die Welt, die Selbstmordversuche nur ein paar wenige, die in ihrer Nähe waren. So stellten sie also mich ein, damit ich sie daran hinderte, ja, wie ein Leibwächter, aber nicht, um sie vor anderen zu schützen, wie es üblich ist, sondern vor sich selbst. Ihre Freunde hielten mich für einen normalen Leibwächter, aber das war ich nicht. Meine Arbeit war etwas anderes, wie ein Hüter."

Ich dachte, er kannte dieses Wort wohl deshalb, weil er sich die Mühe gemacht hatte, eines zu suchen, um sich zu definieren. Er hatte es bestimmt bei der Suche kennengelernt.

„Hm", sagte ich. „Und das war schlimmer. Wie alt war sie? Warum hat man nicht besser einen Krankenwärter für sie angestellt?"

Loren fuhr sich mit dem Handrücken über das Kinn, gegen den Strich, als entdeckte er plötzlich, daß er nicht gut rasiert war. Er würde mich überall küssen müssen. Aber er wirkte gut rasiert, ich war versucht, ihn mit meiner Hand zu berühren, ich traute mich nicht, er hätte es für eine Liebkosung halten können.

„Weil ein Krankenwärter mehr auffällt, aus dem Grund, was macht ein junges Mädchen den ganzen Tag mit einem Krankenwärter auf den Fersen. Daß sie einen Leibwächter hatte, das verstand man, bei dem steinreichen Vater. Sie konnte ihr normales Leben führen, ich sagte dir ja schon, sie ging zur Universität, zwanzig Jahre, sie ging zu ihren Partys und ihren Schickimickigeschichten und zum Psychiater, natürlich, aber es war nicht so, daß sie den ganzen Tag deprimiert war und so, nein. Sie war eine Zeitlang normal, und sie war sympathisch, ja. Plötzlich bekam sie einen Anfall, und der Anfall war immer selbstmörderisch, und es war unvorhersehbar, wann. Kein einziger spitzer Gegenstand in ihrem Zimmer, weder Schere noch Taschenmesser noch sonstwas, keine Gürtel, mit denen sie sich hätte aufhängen können, keine Tabletten in ihrer Nähe, nicht mal Aspirin; sogar bei ihren Stöckelschuhen sorgte die Mutter dafür, daß sie nicht sehr spitz waren, seit sie sich einmal eine Wange mit einem aufgerissen hatte, man mußte ihr eine Schönheitsoperation machen, man merkte es nicht, aber sie hatte sich einen ganz schönen Schnitt beigebracht, bestialisch. Solche, wie du sie trägst, hätten sie ihr nicht erlaubt, was für eine Waffe. In dieser Hinsicht behandelten sie sie wie die Häftlinge, nicht ein gefährlicher Gegenstand. Der Vater hätte ihr beinahe auch noch die Sonnenbrille fortgenommen, nachdem er *Der Pate, Teil III* gesehen hatte, darin gibt es einen, den sie mit einer Brille umbringen, mit dem schärfsten Teil des Bügels, Wahnsinn, den Typen hatten sie von oben bis unten durchsucht, und der geht hin und schneidet dem anderen damit die Kehle durch. Hast du *Der Pate, Teil III* gesehen?“

„Ich glaube nicht, ich hab den ersten gesehen.“

„Wenn du willst, leih ich ihn dir, auf Video“, sagte

Loren freundschaftlich. „Er ist der beste der drei, schlicht grandios."

„Ich hab kein Video. Erzähl weiter", antwortete ich, in der Furcht, jeden Augenblick könnte die Tür aufgehen und das lange Gesicht Mirs oder das knochige Custardoys oder der kleine Schnauzbart erscheinen, um uns hereinzubitten, damit wir unsere Szenen aufnahmen. Wir würden dabei nicht sprechen können oder nicht in derselben Weise, sie würden Konzentration von uns fordern, auf unsere Sache.

„Na ja, ich mußte eben den ganzen Tag hinter ihr her sein und mit einem offenen Auge schlafen, ich in dem Zimmer daneben, meines und ihres durch eine Tür verbunden, für die ich den Schlüssel hatte, weißt du, wie in den Hotels manchmal, das Haus war riesig. Aber es gibt natürlich unzählige Möglichkeiten, sich etwas anzutun, wenn jemand wirklich entschlossen ist, sich umzubringen, wird er es am Ende immer schaffen, genauso wie ein Mörder, wenn jemand jemanden kaltmachen will, wird er ihn am Ende kaltmachen, so beschützt er auch sein mag, auch wenn er der Staatspräsident ist, auch wenn er der König ist, wenn jemand es darauf anlegt, zu töten, und die Folgen ihm egal sind, wird er am Ende töten, wen er will, da ist nichts zu machen, er hat alle Vorteile, wenn ihm egal ist, was danach passiert. Sieh dir Kennedy an, sieh dir Indien an, da gibt es keinen lebendigen Politiker mehr. Und so ist es auch bei dem, der sich selbst mordet, ich kann nur lachen über die mißlungenen Selbstmordversuche. Die Prinzessin stürzte sich plötzlich kopfüber die Rolltreppe im Corte Inglés hinunter, und wir hoben sie mit einer klaffenden Stirnwunde und

Fleischwunden an den Beinen hoch, und sie hatte Glück, weil meine Hand dazwischen war. Oder sie warf sich gegen eine Glasscheibe, gegen eine Schaufensterscheibe mitten auf der Straße, du weißt nicht, was das ist, voller Schnitte am ganzen Körper und mit Hunderten von kleinen Glassplittern, die sich in sie hineingebohrt hatten, ein Wahnsinn, sie schrie vor Schmerzen, denn wenn du dich nicht umbringst, tut die Sache weh. Man konnte sie auch nicht einsperren, so wäre sie nicht gesund geworden. Ich gewöhnte mich daran, überall Gefahren zu sehen, und das ist der Horror, die ganze Welt als Bedrohung zu sehen, nichts ist unschuldig, alles ist feindselig, im Harmlosesten sah ich einen Feind, meine Vorstellungskraft mußte ihrer zuvorkommen, sie am Arm packen jedesmal, wenn wir eine Straße überqueren wollten, versuchen, sie nicht in die Nähe eines hohen Fensters kommen zu lassen, in den Schwimmbädern äußerste Aufmerksamkeit an den Tag legen, sie von einem Arbeiter fernhalten, der vielleicht mit einer Eisenstange vorbeilief, sie war imstande, den Versuch zu unternehmen, sich auf ihr aufzuspießen, jedenfalls gewöhnte ich mir an, so zu denken, daß sie alles nur Mögliche tun konnte, man mißtraut allem, den Menschen, den Dingen, den Wänden." – ‚So lebte ich, als das Mädchen klein war', dachte ich, ‚noch jetzt lebe ich ein bißchen so, nie ganz ruhig. Ich kenne das. Ja, es ist schrecklich.' – „Einmal versuchte sie, sich auf der Schlußgeraden den Pferden vor die Hufe zu werfen, auf der Pferderennbahn, ich hatte das Glück, sie am Knöchel zu fassen zu kriegen, als sie schon kurz davor war, auf die Bahn zu gelangen, sie nutzte aus, daß ich mit den Wetten beschäftigt war, und entkam mir, Minuten voll Panik, bis ich sie erwischte, sie rannte schon auf die Pferde zu.“ Der Schauspieler Lorenzo machte eine nur verbale, nicht geistige Pause, ich sah, wie er über das nachsann, was er erzählte oder erzählen würde. „Das war viel schlimmer als das hier, das versichere ich dir, eine schreckliche Anspannung, eine ständige Angst, vor allem, seit ich sie flachgelegt hatte, zweimal hab ich sie flachgelegt: die Verbindungstür, der Schlüssel in meinem Besitz, die Nächte immer halbwach und unruhig, du verstehst, das war ein bißchen unvermeidlich. Außerdem, wenn ich mit ihr zusammen war, bestand keine Gefahr, wenn ich auf ihr lag und sie umarmte, konnte ihr nichts passieren, wenn ich auf ihr lag, war sie geschützt, verstehst du.“ – ‚Sex als sicherster Ort‘, dachte ich, ‚man kontrolliert den anderen, man hält ihn unbeweglich und geschützt.‘ Schon lange war ich nicht an diesem sicheren Ort. „Aber, klar, du legst eine Tussi zweimal flach, und schon faßt du Zuneigung zu ihr. Na ja, nicht sehr, ich habe meine Freundin, nicht zwangsläufig, aber es ist etwas anderes, du hast sie berührt, du hast sie geküßt, und du siehst sie nicht mehr wie vorher, und sie wird zärtlich zu dir.“ Ich fragte mich, ob ich zärtlich zu ihm werden würde nach der Sitzung, die uns erwartete. Oder ob er deshalb Zuneigung zu mir fassen würde. Ich unterbrach ihn nicht. „So hatte ich also außer der Anspannung der Arbeit auch noch Sorge, na ja, Panik, ich wollte nicht, daß ihr was zustößt. Kurz, ein schöner Schlamassel, damit verglichen ist das hier das reinste Schlaraffenland.“

‚Schöner Schlamassel‘ und ‚Schlaraffenland‘, diese Wörter hört man immer weniger, sie wirken wie ein Witz.

„Hm“, sagte ich. „Und was passierte, wurdest du die Sache leid?" fragte ich, ohne zu erwarten, daß er die Frage bejahen würde. In Wirklichkeit hatte er mir schon erzählt, was geschehen war, durch seine Art, zu sinnieren und mir den Rest zu erzählen.

Loren setzte sich wieder den Hut auf und atmete kräftig durch die Nasenlöcher ein, die feucht wirkten, als schöpfte er Energie für eine Anstrengung. Die Hutkrempe verdeckte seinen grauen, kalten Blick, sein Gesicht bestand jetzt aus Nase und Lippen, die angenehmen Lippen, die ich nicht küssen würde, es gibt keine Küsse auf den Mund in den Pornofilmen.

„Nein, ich verlor die Stellung. Ich habe versagt, die Prinzessin hat sich vor drei Wochen in der Küche ihres Hauses die Kehle durchgeschnitten, mitten in der Nacht, ich hörte sie nicht einmal aus dem Zimmer gehen, wie findest du das. Ich habe niemanden mehr, um den ich mich kümmern kann. Eine Katastrophe, was für eine Katastrophe." Einen Augenblick lang fragte ich mich, ob der Schauspieler Loren mir nicht etwas vorspielte, um mich abzulenken und mir die Nervosität zu nehmen. Ich dachte einen Moment an die Kleine, ich hatte sie bei einer Nachbarin gelassen. Er stand auf, machte ein paar Schritte durch das Zimmer, während er sich gleichzeitig die Cowboyhosen hochzog. Er blieb vor der geschlossenen Tür stehen, durch die wir bald würden hindurchgehen müssen. Ich glaubte, er würde ihr einen Schlag versetzen, aber er tat es nicht. Er sagte nur mißgelaunt: „Also, vielleicht fangen wir verdammt nochmal endlich an, ich habe nicht den ganzen Tag Zeit."

Lanzenblut

Für Luis Antonio de Villena

Ich verabschiedete mich für immer von meinem besten Freund, ohne zu wissen, daß ich es tat, denn am folgenden Abend entdeckte man ihn, zu spät, auf seinem Bett mit einer Lanze in der Brust und einer unbekannten Frau an seiner Seite, die ebenfalls tot war, aber ohne Mordwaffe im Körper, denn die Waffe war dieselbe, man mußte sie ihr herausgerissen haben, nachdem man sie in sie hineingebohrt hatte, um ihr Blut mit dem meines besten Freundes zu vermischen. Das Licht und der Fernseher waren eingeschaltet, und so hatten sie wohl den ganzen Tag dort gelegen, den ersten meines Freundes ohne Leben oder der Welt ohne seine irdische Gegenwart seit neununddreißig Jahren, Glühlampen, die unpassend waren angesichts der strengen Sonne des Vormittags und vielleicht weniger angesichts des stürmischen Himmels des Nachmittags, aber Dorta hätte die Verschwendung mißbilligt. Ich weiß nicht, wer die Ausgaben der Toten bestreitet.

Seine Stirn war geschwollen durch einen Schlag, den man ihm vorher versetzt hatte, es war keine Beule, oder wenn es eine war, dann nahm sie die gesamte Oberfläche ein, die Haut straff gespannt über dem von Elephantiasis befallenen Schädel, als hätte er sich im Tod frankensteinisiert, der Haaransatz mit einer kleinen Kahlheit, die er nie gehabt hatte. Dieser Schlag dürfte ihn außer Gefecht gesetzt haben, aber er hatte ihn wohl nicht völlig bewußtlos gemacht, denn seine Augen standen offen, und er trug seine Brille, obwohl der Lanzenmörder sie ihm später aufgesetzt haben konnte, zur Abschreckung, man braucht keine Brille mehr, wenn es sicher ist, daß man nichts mehr sehen wird: da, vier Augen, damit du den Weg zur Hölle schön deutlich siehst. Er trug den Bademantel, den er immer als Morgenmantel benutzte, er kaufte alle paar Monate einen neuen, und dieser letzte war gelb, vielleicht hätte er die Farbe meiden sollen, wie die Stierkämpfer. Er trug seine Hausschuhe, harte und steife Hausschuhe wie die eines Amerikaners, eine Art über dem Spann weit ausgeschnittener Mokassins, ohne Besatz und mit sehr flachem Absatz, man fühlt sich sicherer, wenn man seine eigenen Schritte hört. Die beiden nackten Beine schauten zwischen den Schößen des Bademantels hervor, ich sah, daß seine Schienbeine kahl waren, obwohl er sonst ein behaarter Mann war, manche Leute verlieren das Haar an diesen Stellen durch die ewige Reibung der Hosen oder der Socken, wenn sie lang sind, Sportstrümpfe heißen sie, und er trug sie immer, nie sah man bei ihm einen Streifen Fleisch, wenn er in der Öffentlichkeit die Beine übereinanderschlug. Das Blut war die Stunden über lange genug geströmt – bei eingeschaltetem Licht und geschäftigen Zeugen auf dem Bildschirm –, um den Morgenmantel und die Laken zu durchtränken und den Holzboden zu ruinieren. Das Bett, ohne Bettdecke, der Hitze wegen, war nicht berührt worden, der umgeschlagene Teil des Bettuchs war unversehrt. Er sah bleich aus auf den Fotos, wie alle Leichen, mit einem Ausdruck, der bei ihm ungewohnt war, denn er war ein fröhlicher, heiterer und witziger Mann, und das Gesicht wirkte eher ernst als erschreckt oder verblüfft mit einem bitteren Zug oder zeigte vielleicht – noch überraschender – bloße Mißbilligung oder Verärgerung, als hätte er sich zu etwas gezwungen gesehen, was nicht allzu schwerwiegend war, aber doch seinen Neigungen zuwiderlief. Da Sterben dem, der weiß, daß er stirbt, schwerwiegend erscheint, ließ sich nicht ausschließen, daß man ihm die Lanze hineingestoßen hatte, als er so sehr durch den vorherigen Schlag betäubt war, daß er kein großes Bewußtsein von dem Geschehen hatte, und das könnte erklären, warum er auch nicht reagiert hatte, als man zuvor die Waffe der Unbekannten in die Brust gestoßen und wieder herausgezogen hatte. Die Lanze gehörte ihm, er hatte sie vor ein paar Jahren von einer Reise nach Kenia mitgebracht, die ihm grauenhaft erschienen war und über die er sich beklagt hatte, wie üblich, wenn er verreiste. Ich hatte sie mehr als einmal gesehen, nachlässig in den Schirmständer gestellt, Dorta dachte immer, man sollte sie eines Tages an die Wand hängen, einer dieser erträumten Dekorationsgegenstände, wenn man sie in fremden Händen sieht, die uns dann nicht mehr so gefallen, wenn sie schließlich zu Hause ankommen. Dorta sammelte sie nicht, aber von Zeit zu Zeit gab er dem Impuls einer Laune nach, vor allem in Ländern, von denen er wußte, daß er nicht in sie zurückkehren würde. Wer ihm schlecht gesonnen war, sah etwas Sarkastisches in der Form seines Todes, ihm gefielen die metallischen, spitz zulaufenden Stöcke, von denen besaß er einige. Wenig Originalität, eine pedantische Angewohnheit.

Die Frau war fast nackt, nur mit einem Slip bekleidet, im Haus keine Spur von den übrigen Kleidungsstücken, mit denen sie gekommen sein mußte, als hätte der Lanzenmörder sie nach seinen Morden sorgsam eingesammelt und mitgenommen, niemand bewegt sich so auf der Straße oder im Taxi, so heiß es auch sein mag, ich meine, in einer solchen Nacktheit. Vielleicht war auch das eine Abschreckung: Nackt sollst du hier liegenbleiben, du Nutte, so wird man dich vögeln auf dem Weg zur Hölle. Eine unnötige Last für einen Mörder jedenfalls, alles, was bleibt, klagt an, was in unseren Händen bleibt. Die Frau war etwa dreißig Jahre alt, sowohl von ihrem Aussehen her als auch dem gerichtsmedizinischen Gutachten nach, wie es hieß, und sie konnte eine Immigrantin sein dieses Aussehens wegen, Kubanerin oder Dominikanerin oder Guatemaltekin zum Beispiel, die Haut braun und die Lippen rissig und dick und die Wangenknochen kühn, aber es gibt auch viele Spanierinnen, die so sind, im Süden und in der Mitte und sogar im Norden, von den Inseln ganz zu schweigen, die Leute unterscheiden sich weniger als ihnen lieb ist. Ihre Augen waren, anders als seine, geschlossen, und ein Ausdruck von Schmerz lag auf ihrem Gesicht, als wäre sie nicht sofort gestorben und hätte Zeit gehabt, die unfreiwillige Gebärde zu machen, der furchtbare Schmerz des Eisens im Fleisch beim Eindringen und danach, die Zähne instinktiv zusammengepreßt und der Blick blind, ihre Nacktheit plötzlich wie eine zusätzliche Schutzlosigkeit, es ist nicht dasselbe, ob eine Stichwaffe zuerst einen Stoff durchstößt, so dünn er auch sein mag, oder direkt auf die Haut trifft, obwohl das Ergebnis sich in nichts unterscheidet. Oder das glaube ich, ich bin nie in dieser Weise verletzt worden, dreimal Holz, gekreuzte Finger. Bei der Frau konnte man den Einstich in der Höhe des Ansatzes der linken Brust sehen, sowohl die eine als auch die andere erschienen mir schlaff, in dem Maße, in dem man sie erkennen konnte und ich sie zum ersten Mal auf Fotos sah, und beides war oberflächlich. Aber man ist gewohnt, sich die Textur und das Volumen und die Berührung der Frauen beim ersten Anblick vorzustellen, mehr noch in diesen trügerischen Zeiten, wenn sie reich gewesen wäre, hätte sie ihnen mit Silikon nachgeholfen, in ihrem Alter vor allem, eine Art angeborene Schlaffheit, die nicht von den Jahren abhängt. Sie waren befleckt, das trockene Blut. Ihr Haar war lang, zerzaust und lockig, ein Teil der Mähne verdeckte ihre rechte Wange in wenig natürlicher Weise, als hätte sie Zeit für den Versuch gehabt, das Gesicht mit dem Haar zu bedecken, es mit der Hand darüberzuschieben, eine letzte Geste der Schamhaftigkeit oder Scham für ihre anonyme Nachwelt. In gewissem Sinne tat sie mir mehr leid, ich hatte das Gefühl, daß ihr Tod sekundär war, daß es in Wirklichkeit nicht um sie ging oder daß sie nur Teil einer Dekoration war. Im Mund hatte sie Reste von Samen, und der Samen stammte von Dorta, wie es hieß. Es hieß auch, sie habe Karies, das Gebiß einer Armen oder Opfer der Süßigkeiten. Es hieß auch, in beiden Organismen gebe es Substanzen, das war das Wort, aber es wurde nicht gesagt, welche. Es bereitet mir keine großen Schwierigkeiten, sie mir vorzustellen.

Beide saßen sie oder besser gesagt, sie lagen nicht ganz, eher waren sie zurückgelehnt, obwohl man mir im Fall meines Freundes nicht eine unangenehme Einzelheit ersparte: die rostige Lanze war mit einer solchen Gewalt eingedrungen, daß die seit ihrer Ankunft aus Kenia nie geschärfte noch polierte noch überhaupt gesäuberte – aber sehr schneidende – Spitze sich in die Wand gebohrt hatte, nachdem sie seinen Brustkorb durchschlagen hatte, so daß er wie ein Insekt auf den Kalk gespießt war. Wenn man Dorta das von einem anderen erzählt hätte, wäre er erschauert im Gedanken an den Gips, der durch die Entfernung der Lanze im Körper geblieben wäre, jemand mußte sie ja herausziehen, sicher mit größerer Anstrengung als derjenige, der sie in die beiden Brüste, die weibliche und die männliche, hineingestoßen hatte. Die Waffe war nicht aus irgendeiner Entfernung geworfen worden, sondern man hatte sie eher von unten nach oben eingerammt, vielleicht im Laufschritt, vielleicht nicht, aber im zweiten Fall mußte die Person, die sie in Händen hielt, sehr stark oder daran gewöhnt sein, mit Bajonetten zuzustechen. Das Schlafzimmer war geräumig, es erlaubte einem, Anlauf zu nehmen, die ganze Wohnung Dortas war geräumig, eine renovierte Altbauwohnung, von seinen Eltern geerbt, er vernachlässigte alles, außer zwei Räumen, Wohnzimmer und Schlafzimmer, es war groß für ihn. Er war gerade neununddreißig geworden, er klagte über die vierzig, die nahe Schwelle, er lebte allein, aber er lud oft Leute ein, immer einzeln.

„Das schlimmste an diesem Alter ist, daß es einem fremd vorkommt", hatte er mir am Abend vor seinem Tod gesagt, während des Abendessens. Sein Geburtstag war eine Woche vorher gewesen, aber ich hatte ihm nicht gratulieren können, da er an jenem Tag in London war. Ich hatte deshalb nicht die üblichen Scherze mit ihm treiben können, ich war drei Monate jünger und erlaubte mir, ihn in dieser Zeit ‚Alter' zu nennen. Jetzt bin ich zwei Jahre älter als er jemals war, ich habe die Schwelle überschritten. „Vor ein paar Tagen habe ich eine Nachricht in der Zeitung gelesen, in der die Rede von einem siebenunddreißigjährigen Mann war, und die Verbindung dieses Alters mit dem Wort Mann erschien mir in der Tat passend, zumindest für diese Person. Für mich hingegen wäre es das nicht. Ich erwarte noch immer unbewußt, daß man von mir als einem ‚jungen Mann' spricht, und natürlich rechne ich damit, daß man mich duzt, und, stell dir vor, ich bin zwei Jahre älter als dieser Mann in der Nachricht. Älter sollten immer die anderen werden, diesen Gefallen sollten sie uns tun. Mehr noch: so wie früher die Reichen einen Armen bezahlten, damit er an ihrer Stelle den Militärdienst leistete oder in den Krieg zog, müßte es möglich sein, jemanden zu kaufen, der für uns älter wird. Dann und wann würden wir ein Jahr behalten, dieses Jahr ist meines, ich habe es satt, neununddreißig zu sein. Findest du nicht, daß das eine ausgezeichnete Idee ist?"

Keiner von uns konnte auf den Gedanken kommen, daß neununddreißig in seinem Fall die feste Zahl sein würde, derer er bis zum Ende aller Zeiten überdrüssig sein könnte, ohne sie ändern zu können, ohne Ausweg. Solche Ideen hatte Dorta, wenn er angeregt und gutgelaunt war, wenig ausgezeichnete und absurde Ideen, bisweilen albern und immer kindlich, und letzteres hatte zumindest mir gegenüber seine Berechtigung, denn wir kannten uns von Kind auf, und es ist schwer, sich nicht weiter ein wenig so zu verhalten, wie man es am Anfang bei jeder Person tat, die man kennt: wenn man launisch war, muß man es unbegrenzt von Zeit zu Zeit sein; wenn man grausam war, wenn man leichtfertig war, wenn man rätselhaft, ungesellig oder schwach war oder geliebt wurde, jedem gegenüber hat man sein Repertoire, bei dem Variationen zulässig sind, aber kein Verzicht, wenn jemand einmal gelacht hat, wird er immer lachen müssen, oder er wird abgelehnt. Und deshalb nannte ich Dorta immer Dorta, und so erinnere ich mich an ihn, in der Schule kennt man sich beim Familiennamen bis zur Adoleszenz. Und wie man beim Erwachsenen, wenn man weiterhin Umgang hat, immer das Gesicht des Kindes sieht, mit dem man die Schulbank teilte, als wären die späteren Änderungen oder die Ausprägung bestimmter Züge Maske und Spiel, um das Wesen zu verschleiern, so erscheinen die Erfolge oder Niederlagen der Lebensalter des anderen als unwirklich oder vielmehr fiktiv, wie Pläne oder Phantasien oder Einbildungen oder Ängste, mit denen die Kindheit bevölkert ist, als würde zwischen diesen Freunden alles Geschehen einem Warten gleichen und wie ein Warten gelebt werden – der hauptsächliche Zustand der Kindheit, nicht das Wünschen –, das gegenwärtige und auch das vergangene und sogar das ferne. Wenig oder nichts kann zwischen dieser Art von Freunden allzu ernst genommen werden, denn man ist daran gewohnt, daß alles Vorspiegelung ist, ausdrücklich eingeleitet von jenen Formeln, die man später aufgibt, um in die Welt hinauszugehen, ‚laß uns das spielen', ‚laß uns tun, als ob', ‚jetzt befehle ich' (man gibt sie nur verbal auf, in Wirklichkeit geht alles weiter). Deshalb kann ich von seinem Tod leidenschaftslos sprechen, als wäre es etwas, das noch nicht geschehen ist, das in der ewigen Erwartung dessen verharrt, was nicht wahrscheinlich und nicht möglich ist. ‚Nimm an, man tötet mich mit einer Lanze.' Eine Lanze, in Madrid. Aber zuweilen überkommt mich wohl Leidenschaft – oder es ist Zorn –, aus genau dem gleichen Grund, denn ich kann mir die Angst und die Panik jener Nacht bei dem vorstellen, den ich noch immer wie das furchtsame und resignierte Kind sehe, das ich oft auf dem Schulhof verteidigen mußte und das sich dann entschuldigte und mir irgendein Buch oder ein Comic-Heft schenkte, weil es mich gezwungen hatte, mich den Schlägern zum Kampf zu stellen, wenn es nicht um mich ging – obwohl er mich nie um Hilfe bat, er ließ sich schlagen und herumstoßen, das war alles; aber ich sah es –, meine Energie für jemanden einzusetzen, der körperlich niemals siegen konnte und dessen Brille fast jeden Tag so vieler Schuljahre zu Boden fiel. Es ist nicht verzeihlich, daß er gewaltsam sterben mußte, auch wenn er sich seines eigenen Todes nicht bewußt war. Aber das ist rhetorisch, wer wird sich nicht bewußt. Ich war nicht da, um es zu sehen und mich zum Kampf zu stellen, wenn auch wenig fehlte.

Während seines Aufenthalts in London hatte bei Sotheby's eine literarische und historische Versteigerung stattgefunden, und Freunde, die Diplomaten waren, ermunterten ihn, daran teilzunehmen. Es wurden alle möglichen Papiere und auch Gegenstände zum Verkauf geboten, die Schriftstellern und Politikern gehört hatten. Briefe, Postkarten, Billetdoux, Telegramme, vollständige Manuskripte, Entwürfe, Archive, Fotos, eine Haarsträhne von Byron, eine lange Pfeife, die Peter Cushing in *Der Hund von Baskerville* geraucht hatte, Zigarrenstummel von Churchill, die nur kurz angeraucht waren, Zigarettenetuis mit Inskriptionen, Stöcke mit Geschichten,

Amulette mit Erfahrung. Es war nicht ein auffallender Stock gewesen, der während der Gebote seinen Impuls als unsteter Käufer geweckt hatte, sondern ein Ring, der Crowley gehört hatte, Aleister Crowley, erklärte er mir wohlwollend, ein mittelmäßiger und bewußt geisteskranker Schriftsteller, der sich ‚Das große Tier' und ‚Der perverseste Mensch seiner Zeit' nennen ließ, in all seine privaten Gegenstände war die Zahl 666 eingraviert, die Zahl des Tieres der Apokalypse zufolge, heute spielen mit dieser Zahl sich dämonisch gebärdende Rockgruppen, scheinbar ist sie auch in vielen Computern versteckt, immer die Zahl der Witzbolde, die Lebenden wissen nicht, wie alt alles ist, sagte Dorta, wie schwierig es ist, neu zu sein, was wissen die Jungen von Crowley dem Orgiastischen und Satanischen, sicher ein einfältiger, naiver Konservativer für heutige Zeiten, ein im Grunde frommer Mann, der seinen Schüler Victor Neuburg in ein Zebra verwandelte, weil der sich wiederholt bei einer Teufelsanrufung in der Sahara vertan hatte, erzählte mir Dorta, und auf ihm bis nach Alexandria ritt, wo er es einem Zoo verkaufte, der sich zwei Jahre lang um den ungeschickten Schüler oder das Zebra kümmerte, bis Crowley ihm schließlich erlaubte, die menschliche Gestalt zurückzugewinnen, im Grunde ein mitfühlender Mann. Neuburg wurde später Verleger.

„Ein Zauberring, so wurde er im Katalog bezeichnet, mit einem wunderschönen ovalen Smaragd, eingelassen in den Platinreif mit der Inschrift ‚Iaspar Balthazar Melcior', es gab den Zweifel, ob er mir passen würde, aber trotzdem bot ich wie ein Verrückter, über meine Verhältnisse." All das hatte Dorta erzählt, solange er Lust dazu hatte, wenn er zufrieden war, redete er unermüdlich, dann pflegte er zu verstummen und fragte mich nach meiner Person und meinem Leben, ließ zu, daß ich es war, der sprach, zwei aufeinanderfolgende Monologe eher als ein wirklicher Dialog. „Die Käufer schieden nach und nach aus, außer einem Typ mit deutschem Gesicht, mit einer dieser Nasen, von deren Spitze immer gleich ein Tropfen fallen zu wollen scheint, man hatte Lust, ihm ein Taschentuch zu reichen und ihn in eine Ecke zu schicken, eine Tapir-Nase, ein Typ mit irritierenden Gesichtszügen, er war gut gekleidet, aber mit Cowboystiefeln aus Krokodilsleder, stell dir die Wirkung vor, es war unmöglich, sie zu übersehen und nicht in Rage zu geraten. Ich ging mit dem Preis hoch, und er ging mit dem Preis hoch, unveränderlich und ohne einen Muskel zu bewegen, er beschränkte sich darauf, die Nase zu heben, als wäre sie ein mechanisches Spielzeug, ich schaute verstohlen zu ihm hin jedesmal, wenn er mich überbot, und sah die falsch feuchte Nase, hochgereckt wie das Fähnchen der prähistorischen Ampeln, oder waren es die Taxen, die eines hatten? Na ja, er stellte sich mir jedesmal in den Weg und zwang mich, im Geist rasch Pfund in Peseten umzurechnen, so daß ich mir bewußt wurde, daß ich bereits eine Geldsumme bot, über die ich nicht verfügte."

„Nein? So teuer konnte dieser Zauberring doch nicht sein, Dorta", sagte ich spöttisch. Er hatte nicht allzuviel Geld, aber er schien es zu haben, er gebärdete sich wie ein Verschwender und pflegte nicht auf seine Launen zu verzichten, zumindest nicht vor Zeugen, Schäbigkeit als Gebrechen. Natürlich waren seine Launen nicht exzessiv und erforderten keine großen Auslagen, wie man früher sagte, oder das glaubte ich, ich kenne nicht alle Preise. Jedenfalls fehlte es ihm nicht an Geld, um seine existenziellen Vergnügungen zu bezahlen.

„Na ja, gut, ich hätte noch etwas weitermachen können, aber das hätte später kleine Opfer von mir verlangt, die ich am meisten hasse, es sind die kleinen, die bewirken, daß man sich erbärmlich fühlt. Und im Sommer kostet es einen größere Mühe, auf etwas zu verzichten. So hob dieser Typ also wieder und wieder die Nase, wie bei einem kaputten Bahnübergang, bis einer meiner Begleiter mich am Ellbogen faßte und mich daran hinderte, die Hand zu heben. ‚Du kannst dir das nicht erlauben, Eugenio, du wirst es bereuen', sagte er leise zu mir, ich weiß wirklich nicht, warum er es mir leise sagte, dort verstand niemand spanisch. Aber es stimmte, und ich schüttelte seine Hand nicht ab und fühlte mich erbärmlich, eine schreckliche Depression überfiel mich sogleich und dauert bis heute, ich mußte noch sehen, wie die tropfende Nase sich ein Stück höher reckte und mich herausfordernd betrachtete, als würde sie zu mir sagen: ‚Ich hab dich besiegt, was hast du dir eingebildet?' Er ist sofort gegangen und hat Lärm mit seinen Krokodilcowboystiefeln gemacht, er blieb nicht für den Rest der Versteigerung, oder vielleicht kam er später zurück, wegen anderer Posten, das weiß ich nicht, denn ich war es, der ging, nach ein paar Geboten mehr. Es war eine Demütigung, wie ich wenige erlebt habe, Victor, und noch dazu im Ausland."

Er nannte mich ‚Victor' und nicht ‚Francés', beim Nachnamen, wie sonst. Er nannte mich nur ‚Victor', wenn es ihm nicht gut ging oder er sich hilflos fühlte. Ich nannte ihn nie ‚Emilio', in keinem Fall. Dorta hatte nicht nur viel vom Kind Dorta, sondern auch von seiner Mutter und seinen Tanten, die ich so oft bei Schulschluß oder in seinen verschiedenen Wohnungen gesehen hatte, eingeladen vom Sohn oder Neffen. Ab und zu kam aus seinem Mund irgendein Satz, der zweifellos diesen altmodischen, treuherzigen Damen gehörte, die seine Welt weitgehend beherrscht hatten. Sie rutschten ihm heraus, er mied sie nicht, sondern fand wahrscheinlich Gefallen daran, sie so, verbal, mit seinen verirrten Ausdrücken zu verewigen: ‚Und außerdem im Ausland.'

„Warum zum Teufel wolltest du den Ring?" fragte ich ihn. „Du wirst doch jetzt nicht darauf verfallen, an Zaubereien zu glauben, hoffe ich. Oder willst du jemanden in eine Giraffe verwandeln?"

„Nein, keine Sorge. Ich hatte Lust darauf, er gefiel mir, er war auffallend und hatte eine Geschichte, ihn hier zu tragen, hätte viele Leute veranlaßt, mich danach zu fragen, alles ist gut, um sich in den Kneipen näherzukommen. Wenn ich an Zaubereien glaube, dann bei den anderen, nicht bei mir, natürlich; ich habe mich mein Lebtag von keinem Zauber berührt gefühlt, wie du weißt." Und er fügte schmunzelnd hinzu: „Nachdem ich den Ring verloren hatte, bereute ich, daß ich nicht in deinem Namen für den Posten davor geboten hatte, er war nicht so teuer. ‚Magischer Talisman Crowleys für sexuelle Potenz und Macht über Frauen', stand im Katalog, wie findest du das, ein hübsches Silbermedaillon mit der unerläßlichen 666. Das hat auch der Deutsche oder was er war mitgenommen, nur daß er dabei nicht gegen mich konkurrieren mußte, vielleicht war es deshalb weniger teuer. Mir bleibt der Trost, ihn gezwungen zu haben, bei dem Ring mehr auszugeben. Wie findest du das, ‚Macht über Frauen'. Es trug die Initialen ‚AC', außer der eingravierten Zahl. Es hätte dir geholfen."

Ich lachte über seine Bosheit, die mir gegenüber immer wohlwollend war, nicht notwendig gegenüber anderen, seine Zunge war seine einzige Waffe.

„In ein paar Jahren, bestimmt, das sehe ich schon voraus. Aber ich kann mich in beiderlei Hinsicht noch nicht allzusehr beklagen."

„Ach, nein? Erzähl, erzähl mal."

Vielleicht war dies der Augenblick, in dem ich bei jenem letzten Abendessen zu sprechen begann und er mit Interesse, aber auch mit einer leichten Niedergeschlagenheit zuhörte; allzu langes Schweigen bedeutete bei ihm gewöhnlich, daß er wegen irgend etwas besorgt oder vorübergehend unzufrieden mit sich selbst oder seinem Leben war, das passiert uns allen von Zeit zu Zeit, aber es dauert nicht lange, wenn die Gründe nicht schwer wiegen, wie die Sorge angesichts der ungenauen Zukunft oder die alltägliche Reue, für die nicht viel Zeit ist, wahre Reue braucht Dauer und Zeit. Wenn ein Freund stirbt, möchten wir uns an das letzte Mal, als wir ihn sahen, in allen Einzelheiten erinnern, das Abendessen, als eines von vielen erlebt, nimmt plötzlich einen unverdienten Rang ein und besteht darauf, mit einem Glanz zu glänzen, der nicht seiner war; wir versuchen, Bedeutung in dem zu sehen, was keine hatte, wir versuchen, Zeichen und Hinweise und womöglich Zaubereien zu sehen. Wenn der Freund einen gewaltsamen Tod gestorben ist, dann versuchen wir vielleicht Spuren zu sehen, ohne uns bewußt zu sein, daß an jenem Abend auch nichts hätte geschehen können, und dann wären sie alle falsch. Ich erinnere mich, daß er nach dem Essen mit Genuß ein paar nach Nelken riechende und schmeckende indonesische Zigaretten rauchte, die er aus London mitgebracht hatte. Er schenkte mir ein Päckchen, das ich noch immer habe, Gudang Garam die Marke, ein rotes, schmales Päckchen, ‚12 kretek cigarettes', ich weiß nicht, was ‚kretek' heißt, es wird ein indonesisches Wort sein. Die Warnung war unverblümt: ‚Smoking kills', stand da einfach, ‚Rauchen tötet'. Dorta natürlich nicht, ihn tötete eine afrikanische Lanze. Als ich aufhörte, meine nichtssagenden Geschichten zu erzählen, bemächtigte er sich wieder mit neuem Elan der Unterhaltung, nachdem er aus dem Badezimmer zurückgekehrt war, aber ohne jede Heiterkeit jetzt. Er fuhr mit dem Zeigefinger über die kleine reliefartige Zeichnung auf dem Päckchen, sie sah aus wie ein Schienenstrang, der in einer Kurve verlief, eine Eisenbahnlandschaft, links ein paar kindliche Häuser mit dreieckigen Dächern, vielleicht ein Bahnhof, alles in schwarz, gold und rot.

„Diesen Sommer wird es mir nicht gut gehen, glaube ich", sagte er. Wir hatten Ende Juli, später dachte ich, daß es seltsam war, daß der ganze Sommer ihm an jenem Abend noch als Zukunft erschien. „Er wird mich schwer ankommen, ich bin ein bißchen aus dem Gleichgewicht, und das schlimmste ist, daß das, was mir immer Spaß gemacht hat, mich langweilt. Sogar Schreiben langweilt mich." Er machte eine Pause und fügte mit einem schwachen Lächeln hinzu, als hätte er einen ungebührlichen Fehler gemacht: „Das letzte Buch war ein ziemlicher Mißerfolg, mehr, als du dir denken kannst. Ich bin gerade dabei, in aller Eile etwas Neues zu beenden, Mißerfolgen darf man keine Zeit lassen, das ist das Schlimmste, was man tun kann, denn sofort durchdringen und kontaminieren sie alles, jeden Aspekt des Lebens, selbst den entferntesten, selbst den, der am weitesten weg ist von der Sphäre, in der das Desaster stattgefunden hat, wie ein Blutfleck. Obwohl man Gefahr läuft, gleich den nächsten folgen zu lassen und am Ende noch befleckter zu sein. Es gibt Leute, die auf diese Weise zugrunde gehen. Heute abend muß ich einen Verleger treffen, mit dem ich das schon vertraglich ausgehandelt habe, ohne es fertig zu haben, ich habe mich zum ersten Drink mit ihm verabredet, er ist auf der Durchreise in Madrid, und jetzt fordert er, daß ich ihn zerstreue. Ein Typ ohne Skrupel und etwas wortfaul, ein Ballast. Aber er hat sich nicht abschrecken lassen, es hat ihm Spaß gemacht, mich den anderen auszuspannen. Das ist eine Redensart, ausspannen, so wie die Dinge liegen. Bald wird mir nicht einmal mehr der gute Name bleiben. Was man eben einen ‚guten Namen' nennt, einen bekannten Schriftsteller."

Seine Abende begannen in Wahrheit erst nach dem Abendessen. Nach dem Verleger käme der fröhlichste Teil, Caféterrassen und Diskotheken und Cliquen von Nachtschwärmern bis zum Morgengrauen oder fast, es war nicht verwunderlich, daß er erwartete, noch als junger Mann betrachtet zu werden. Tatsächlich wirkte er älter, nehme ich an, mir fiel es schwer, es zu entscheiden, aber die Leute, die uns beide kannten, waren überrascht, wenn sie erfuhren, daß wir Klassenkameraden gewesen waren, und es ist nicht so, daß man mir mein Alter nicht ansieht. Ich fand ihn besorgt, pessimistisch, unsicher, vielleicht beherrscht von der noch frischen Entdeckung, daß das, was spät kommt, außerdem nicht von Dauer ist, ein relativer Erfolg in seinem Fall, der mehr hätte werden sollen und der zu rasch weniger geworden war und ihn gerade nur ein wenig an das Gute gewöhnt hatte. Ich sage lieber nichts über seine Romane, nach zwei Jahren liest sie niemand mehr, der Autor ist nicht mehr auf der Welt, um sie zu verteidigen und weiter zu produzieren, obwohl sein gewaltsamer Tod zur Folge hatte, daß dieses postume, unabgeschlossene Werk sich am Anfang phantastisch verkaufte, es hatte seine außerliterarischen Schlagzeilen einige Wochen lang, der Verleger ohne Skrupel beeilte sich, es herauszubringen. Ich wollte es nicht mehr lesen.

Nach kurzer Zeit gab es weder Schlagzeilen noch Kleingedrucktes noch überhaupt etwas, Dorta wurde sogleich vergessen, seine seltsamen Bücher ohne wahren Wert und seine unaufgeklärte und deshalb vergessene Ermordung, was nicht vorankommt oder weiter produziert, ist zu einer raschen Auflösung verurteilt. Die Polizei legte den Fall ad acta oder nicht, ich weiß nicht, wie ihre Bürokratie funktioniert, vom ersten Augenblick an kam es mir nicht so vor, als hätten sie großes Interesse, etwas herauszufinden – faule Leute, die Strafe des Jüngsten Gerichts ist ihnen fern –, als sie erst einmal wußten, daß das Mysteriöseste und Merkwürdigste eine einfache Erklärung hatte, diese touristische Lanze. Aber das war nicht das Mysteriöseste oder Merkwürdigste, sondern die unbekannte Frau an seiner Seite mit seinem Samen am Zahnfleisch, denn Dorta war homosexuell, wie soll ich sagen, ein Homosexueller ohne Brüche, und ich nehme an, daß er es rückblickend vom ersten Tag auf dem Schulhof und im Klassenzimmer an gewesen war, obwohl weder er noch ich damals oder in den darauffolgenden Jahren von der Existenz dieses Wortes oder des von ihm Bezeichneten wußten. Vielleicht wußten und ahnten es eher die Schläger der Schule, und deshalb mißhandelten sie ihn. Ich würde zu behaupten wagen, daß er in seinem Leben mit keiner Frau zusammen gewesen ist, abgesehen von dem einen oder anderen bemühten Geknutsche in der Pubertät, in der es schlimm ist, aus der Uniformität auszuscheren, wenn man nicht isoliert bleiben will, und sich alle bemühen, aufzufallen und sich zugleich anzupassen. Seine Nächte waren oft der Suche gewidmet, aber die Annäherung in den Kneipen, für die alles gut war, hatte nicht gerade Frauen zum Ziel. Er war auch nicht geil genug, um Ausnahmen zu machen oder sich zufriedenzugeben, wenn eine ihm in die Schußlinie geriet und sich ihm anbot, es war unwahrscheinlich, daß so was passierte, die Frauen spüren das Verlangen des anderen, auch wenn es zögerlich und lau ist und keine je das ihre spüren konnte. Das Absurdeste seines Todes war das, absurder noch als die Gewalt, deren Opfer er zwei- oder dreimal in geringfügigem Ausmaß geworden war, mit Unbekannten ins Bett zu gehen, die immer stärker, jünger und ärmer sind, bringt seine Gefahren mit sich, nehme ich an. Nie sagte er mir, ob er dafür bezahlte oder nicht, und ich fragte ihn nicht, vielleicht mußte er es tun in dem Maße, in dem er sich, zu seiner Verwunderung, in ‚einen Mann' verwandelte; ich weiß, daß er Geschenke machte und Launen befriedigte im Rahmen seiner Möglichkeiten und seiner Begeisterung, eine Form des Kaufs, die weniger krude ist als die mit Geldscheinen, im Grunde altmodisch, respektvoll und aufmerksam, und die ihm ermöglicht haben dürfte, sich bisweilen Illusionen zu machen. Wenn man ihn neben irgendeinem Jungen gefunden hätte, wäre mir die Sache nicht seltsam erschienen, in dem – sehr knapp bemessenen – Maße, wie der Tod von jemandem, der immer in unserem Leben war, nicht seltsam ist. Nicht einmal das Alter der Dominikanerin oder Kubanerin paßte zu seinen Vorlieben, sogar ein Typ in diesem Alter hätte Dorta wenig interessiert, zu alt. Ich zweifelte einen Augenblick, ob ich es dem Inspektor sagen sollte, der mich fragte und mir jene postumen Fotos zeigte. Dorta war vorsichtig gewesen, solange seine Mutter lebte, er war es noch immer ein wenig, da seine Tanten lebten, obwohl sie nichts erfuhren; in seinen Büchern gab es keine deutlichen Geständnisse, nur Andeutungen. Ich zweifelte, ob ich es diesem Inspektor sagen sollte, aus einem absurden männlichen Stolz heraus, glaube ich; vielleicht war es nicht schlecht, wenn er glaubte, daß mein bester Freund seine letzte Nacht aus Neigung und Gewohnheit mit einer Frau verbracht hatte, als wäre dies ehrenwerter und verdienstvoller. Ich schämte mich sogleich der Versuchung, ja mehr noch, ich dachte, daß die Frau ein weiteres Element der Abschreckung sein konnte, wie die aufgesetzte Brille: im Mund einer Tussi bis zum Ende aller Zeiten, du schwules Schwein. Und ich teilte dem Inspektor das Unglaubliche des Umstands mit, diese so unerklärliche Inszenierung, Dorta neben einer Frau im Bett, Reste seines Samens in den Zwischenräumen zwischen den angefaulten Zähnen oder auf den Rissen und Falten der dicken Lippen. Aber der Inspektor sah mich vorwurfsvoll und spöttisch an, als würde er mich plötzlich für einen schlechten Freund oder für einen Spinner halten, der das Andenken Dortas mit offensichtlichen Lügen beschmutzen wollte, jetzt, da er nicht mehr da war, um sich zu verteidigen oder mir zu widersprechen, jener Inspektor Gómez Alday hatte Teil am nämlichen männlichen Stolz, nur daß er bei ihm nicht verborgen war.

„Ich versichere es Ihnen", beharrte ich, als ich seinen Blick sah, „mein Freund war in seinem Leben mit keiner Frau zusammen."

„Na, dann hatte er eben den Einfall, mit einer in seinem Tod zusammenzusein, es war gerade noch Zeit, es auszuprobieren", antwortete er schlechtgelaunt und verächtlich. Er zündete jede Zigarette an der Kippe der vorherigen an, niedrig der Schwefel- und Nikotingehalt. „Was erzählen Sie mir da eigentlich, hm? Ich finde einen Typ, den ein Ehemann oder ein Zuhälter aufgespießt haben wird, weil er die Frau oder die Nutte mit nach Hause genommen hat, damit sie ihm einen bläst. Und Sie erzählen mir, daß er eine Tunte war. Kommen Sie", sagte er.

„So erklären Sie sich das? Ein Ehemann oder ein Zuhälter? Und wieso denn das, ein Zuhälter."

„Das wissen Sie nicht, was, Sie wissen wenig. Manchmal drehen sie durch wie jedermann. Sie schicken sie auf die Straße, und dann werden sie verrückt beim Gedanken an das, was sie mit dem Freier anstellen. Und dann töten sie auf die bestialische Art, manche sind sehr sentimental, mir können Sie nichts erzählen. Die Sache scheint klar zu sein, kommen Sie mir nicht mit Geschichten, es wurde nicht einmal was gestohlen, nur ihre Kleidung, womöglich ein fetischistischer Zuhälter. Nur wissen wir nicht, wer die zungenfertige Tussi war und werden es auch sicher nicht erfahren. Ohne Papiere, ohne Kleidung und dann noch Südamerikanerin, dem Aussehen nach, da gibt es bestimmt nirgendwo Gewißheit ihrer Existenz, der einzige, der die Gewißheit gehabt hat, wird der sein, der ihr die Lanze hineingestoßen hat."

„Ich sagen Ihnen, es ist unmöglich, daß mein Freund eine Tussi abgeschleppt hat." Polizisten schüchtern immer ein, am Ende reden wir wie sie, um uns anzubiedern, und sie reden wie die Unterwelt.

„Was wollen Sie, mir Arbeit machen? Soll ich in die Schwulenkaschemmen gehen und eng tanzen und mir an den Arsch fassen lassen, wo ich es hier mit einer Nutte zu tun habe? Kommen Sie, ich werde meine Zeit und meine Laune doch nicht mit so was vertun. Wenn Ihrem Freund die Kerle gefielen, dann erklären Sie mir, was passiert ist. Und auch wenn es so war: in der Nacht, die für mich zählt, verfiel er darauf, sich eine Nutte zu suchen, Sie sehen ja, daran gibt es wenig Zweifel, es ist auch Zufall, wie unpassend. Was er in allen anderen Nächten seines Lebens gemacht hat, ist mir egal, von mir aus hätte er seinen Großvater vögeln können." Jetzt war ich es, der ihn vorwurfsvoll und ohne jeden Spott anschaute. Er hatte mit diesen Dingen sicher jeden Tag zu tun, aber ich nicht, und er sprach von meinem besten Freund. Er war ein dicklicher, großer Mann mit römischer Kahlheit und schläfrigen Augen, die bisweilen wie aus einem schlechten Traum erwachten, ein plötzliches Aufblitzen, bevor sie zu ihrem scheinbaren Schlummer zurückkehrten. Er merkte es und fügte in versöhnlicherem, geduldigerem Ton hinzu: „Nun denn, erklären Sie mir, was Ihrer Meinung nach passiert ist, erzählen Sie Ihre Geschichte, ich bitte darum."

„Ich weiß es nicht", sagte ich geschlagen. „Aber es wirkt wie ein Arrangement, das sagte ich Ihnen schon. Sie müßten es herausfinden, es ist Ihre Arbeit."

Der Inspektor Gómez Alday fragte auch den Verleger ohne Skrupel, mit dem Dorta einen Drink im Chicote genommen hatte, er war mit seiner Frau gekommen, die drei verließen das Lokal gegen zwei Uhr und verabschiedeten sich. Die Kellner, die Dorta vom Sehen und vom Namen kannten, bestätigten die Uhrzeit. Dort hatten sie einen anderen Freund von mir getroffen, den nur Dorta kannte, er nennt sich Ruibérriz de Torres, aber der hatte nur fünf Minuten mit ihnen gesprochen, bis zwei Frauen kamen, mit denen er sich verabredet hatte. Auch er sah sie gegen zwei Uhr durch die Drehtür hinausgehen, er winkte ihnen zum Abschied mit der Hand zu, er erzählte mir, der Verleger sei ein Trottel und seine Frau sehr sympathisch, Dorta habe kaum den Mund aufgemacht, was seltsam war. Das Ehepaar nahm ein Taxi auf der Gran Vía und begab sich zu seinem Hotel, nicht ohne vorher darüber zu erschrecken, daß Dorta, wie er ihnen ankündigte, zu Fuß gehen würde, er erzählte ihnen, er habe es nicht weit, und sie sahen, wie er die Straße hinaufging, in Richtung des Gebäudes der Telefongesellschaft oder der Plaza del Callao, mit einer Fauna hier und da, die ihnen, den Barcelonesen, grauslig erschien und nicht geeignet, auch nur zwei Schritte zu tun. Es ging kein Lüftchen.

Im Hotel, reine Routine, bestätigte man die Ankunftszeit des Verlegers und seiner Ehefrau, gegen zwei Uhr fünfzehn; leicht lächerlich, das Fehlen von Skrupeln würde ihn bestimmt nicht so weit treiben. Dorta wurde zwischen fünf und sechs Uhr umgebracht, ebenso wie sein unwahrscheinliches, letztes Verhältnis. Ich fragte auf eigene Rechnung die paar Freunde Dortas, die ich ein wenig kannte, Freunde, mit denen er auf Kneipentour ging und die er aus Schwulenkaschemmen kannte, keiner war in dieser Nacht an den üblichen Orten mit ihm zusammengetroffen, ‚le tour en rose', wie er es nannte. Sie fragten ihrerseits die Kellner dieser Lokale, niemand hatte ihn gesehen, und es war seltsam, daß er im Lauf der Nacht nicht in dem einen oder anderen gewesen sein sollte. Vielleicht war es doch eine in jeder Hinsicht besondere Nacht gewesen. Vielleicht hatte er sich unverhofft auf der Straße mit ungewöhnlichen Leuten aus anderen Kreisen eingelassen. Vielleicht hatten sie ihn entführt und ihn gezwungen, mit den Entführern nach Hause zu gehen. Aber sie hatten nichts mitgenommen, nur jemand die Kleidung der Frau, die vielleicht zu der Bande gehörte. Der Lanzenmörder. Ich wußte nicht, was ich denken sollte, und deshalb dachte ich Absurditäten. Vielleicht hatte Gómez Alday recht, vielleicht war er auf die Idee verfallen, sich eine Nutte zu greifen, eine, die Anfängerin und verzweifelt war, eine Immigrantin auf der Suche nach Geld, mit einem Ehemann, der dies womöglich nicht duldete und Verdacht geschöpft hatte. Pech einfach, zuviel Pech.

Der Inspektor zeigte mir die Fotos, die ich flüchtig anschaute. Außer denen, die den gesamten Schauplatz zeigten, gab es zwei von jeder Leiche, die aus größerer Nähe aufgenommen waren, was man im Kino amerikanische Einstellung nennt. Die Brüste der Frau waren eindeutig schlaff, wohlgeformt und verlockend, aber schlaff, Schauen und Berühren geraten uns am Ende durcheinander, Männer sehen bisweilen, als würden sie berühren, bisweilen verletzen wir damit. Trotz der zusammengepreßten Augen und dem Ausdruck von Schmerz sah sie hübsch aus, obwohl man das bei einer nackten Frau nie weiß, man muß sie auch bekleidet sehen, wenig taugen die Strände, um etwas darüber zu wissen. Ihre Nasenflügel waren geweitet, ihr Kinn war kurz und rundlich, ihr Hals lang. Meine Blicke flogen rasch über die sechs oder sieben Fotos hinweg, und doch wagte ich, Gómez Alday um einen Abzug von der Nahaufnahme der Frau zu bitten, er schaute mich jetzt mißtrauisch und überrascht an, als hätte er eine Anomalie bei mir entdeckt.

„Wozu wollen Sie den?"

„Ich weiß nicht", antwortete ich verwirrt. Ich wußte es wirklich nicht, es war auch nicht so, daß ich das Foto zu diesem Zeitpunkt ausgiebiger anschauen wollte, einen blutigen Körper, einen Einstich, die dichten Wimpern, der schmerzvolle Ausdruck, die schlaffen, toten Brüste, es war nicht angenehm. Aber ich dachte, ich würde es gerne haben, um es vielleicht später anzuschauen, vielleicht nach Jahren, schließlich und endlich war sie die letzte Person, die Dorta lebend gesehen hatte, vom Mörder abgesehen. Und sie hatte ihn aus der Nähe gesehen. „Es interessiert mich." Es war dürftig als Argument, sogar grotesk.

Gómez Alday schaute mich jetzt mit einem Aufblitzen in seinen Augen an, es dauerte den Bruchteil einer Sekunde, dann kehrten sie wieder zu ihrem schläfrigen Ausdruck zurück. Ich dachte, daß er bestimmt dachte, ich sei ein Perverser, ein Kranker, aber vielleicht verstand er meine Bitte und den Wunsch, schließlich besaßen wir die gleiche Art von Stolz. Er stand auf und sagte:

„Das ist vertrauliches Material, es wäre völlig unzulässig, Ihnen einen Abzug zu geben." Und während er das sagte, tat er das Foto in den Fotokopierer, der in seinem Büro stand. „Aber Sie können hier in meiner Abwesenheit eine Fotokopie gemacht haben, als ich einen Augenblick hinausging, ohne daß ich es gemerkt habe." Und er reichte mir das Blatt mit der unvollkommenen, verschwommenen Reproduktion, aber Reproduktion trotz allem. Sie würde nur ein paar Jahre halten, Fotokopien verschwinden am Ende, man merkt nicht, wie sie verblassen.

Jetzt sind zwei dieser Jahre vergangen, und nur in den ersten Monaten nach Dortas Tod kreisten meine Gedanken weiter um diese Nacht, das Entsetzen dauerte bei mir etwas länger als das Frohlocken und die Grausamkeit der ungeduldigen Zeitungen und der vergeßlichen Fernsehsender, es ist nicht viel zu machen, wenn es weder Hilfe noch Fortschritte gibt und die Medien nicht einmal als Gedächtnishilfe dienen. Nicht, daß ich es in persönlicher Hinsicht brauchte, wenige Dinge verblassen in mir; es gibt keinen Tag, an dem ich nicht in irgendeinem Augenblick aus dem einen oder anderen Grund an ihn denke, in Wirklichkeit kann man nicht aufhören, mit den Leuten zu rechnen, nur weil man sie zufällig nicht sehen kann. Bisweilen glaube ich, daß diese Tatsache nicht nur zufällig, sondern unbedeutend ist, die Gewohnheit und das, was sich angesammelt hat, genügen, um das Gefühl der Anwesenheit immer stärker werden und nicht vergehen zu lassen, wie könnte man sonst vermissen. Wohl aber verschwimmt das Ende, wenn man nichts Klares daraus schließen kann, und außerdem kann es alles, was vorher war, einfärben. Dieses Ende kennt man, aber es erscheint nicht im Vordergrund. Nicht so in den ersten Monaten, wenn die Albträume sich des Schlafs bemächtigen und die Tage alle mit demselben hartnäckigen Bild beginnen, das Einbildung zu sein scheint und doch dem Geschehenen angehört, man wird sich bewußt, während man sich die Zähne putzt und sich rasiert: ‚Wie dumm ich bin, es ist doch wahr.' Ich ging in Gedanken oft das Gespräch des letzten Abendessens durch, und der Faden der Wiederholungen ließ mich sehen, daß nichts bedeutsam war, nachdem ich allem eine Zeitlang Bedeutung zugemessen hatte. Dorta amüsierte sich damit, Exzentrizitäten vorzuspiegeln, aber er glaubte nicht an irgendwelche Zaubereien noch an Jenseitiges, nicht einmal an Zufälle, nicht mehr als ich, und ich glaube an fast nichts. Die Geschichte der Versteigerung in London war rein anekdotisch, das sah ich bald klar, wenn ich einmal Zweifel gehabt hatte, die Art von Dingen, die er gerne erfand oder tat, vor allem, um sie dann mir oder anderen zu erzählen, seinen vergötterten Ignoranten oder seinen Damen der Gesellschaft, weil er wußte, daß sie amüsant waren. Daß er für einen Zauberring dieses übergeschnappten Dämonologen Crowley geboten hatte, war nur der Beweis: Es machte mehr her, das Gerangel um diesen Gegenstand zu erzählen als um einen handschriftlichen Brief von Wilde oder Dickens oder Conan Doyle. Ein Zebra. Und außerdem hatte er ihn nicht bekommen, das Absurdeste wäre gewesen, wenn der Scherz ihn eine ansehnliche, unvorhergesehene Summe gekostet hätte. Vielleicht hatte nicht einmal der germanische Typ mit den Cowboystiefeln existiert, was für ein Einfall. Und selbst wenn er sich des Smaragds bemächtigt hätte: man kann unmöglich an Verfolgungen oder Sekten denken, an Rachen à la Tut-ench-Am'un oder Verschwörungen nach Art von Fu-Manchu, alles hat seine Grenze, sogar das Unerklärliche.

Zwei Monate später – die Presse interessierte sich nicht mehr, und es war zweifelhaft, daß die Polizei es tat – fiel mir eine Möglichkeit ein, die so akzeptabel war, daß ich nicht begriff, wieso ich nicht eher an sie gedacht hatte. Ich rief Gómez Alday an und sagte ihm, daß ich ihn sehen wollte. Er tat gelangweilt und versuchte, mich dazu zu bringen, daß ich ihm am Telefon von der Entdeckung erzählte, er habe wenig Zeit. Ich insistierte, und er bestellte mich für den nächsten Vormittag in sein Büro, zehn Minuten, so warnte er mich vor, er habe nicht mehr, um sich Vermutungen anzuhören, die ihm das Leben schwermachten. Was immer es auch sei, er würde es mit Skepsis aufnehmen, warnte er mich auch, für ihn war die Sache klar, nur daß es nicht einfach war, diesen Lanzenmörder zu finden: Auf der Lanze gab es viele Abdrücke, darunter sicher die meinen, fast alle Besucher der Wohnung berührten sie oder wogen sie in der Hand oder legten sie kurz in Anschlag, wenn sie sie aus dem Schirmständer am Eingang herausragen sahen. Ich traf den Inspektor mit gesunder Gesichtsfarbe und mehr Haar an, ich wußte nicht, ob es sich um eine Implantation handelte, zu der er den Ferienmonat August ausgenutzt hatte, oder um eine aufgebauschtere, künstlerischere Verteilung seiner römischen Frisur. Während ich zu ihm sprach, waren seine Augen undurchsichtig, wie bei einem schlafenden Tier, dessen Pupillen durch die Lider hindurchscheinen.

„Schauen Sie, ich weiß nicht allzu viel von den Abenteuern meines Freundes, manchmal erzählte er mir etwas, ohne in Einzelheiten zu gehen. Aber ich schließe nicht aus, daß er einige von den Jungen, mit denen er zusammen war, bezahlte. Anscheinend geschah es nicht selten, daß einige darauf pochten, heterosexuell zu sein, sie akzeptierten die Exkursion als Ausnahme oder sagten das zumindest, sie bestanden darauf, klarzustellen, daß sie es mit Frauen hatten. In jener Nacht hat mein Freund sich möglicherweise in so einen verguckt, und der kleine Macho hat zu ihm gesagt, entweder er verschaffe ihm auch eine Frau oder es sei nichts drin. Ich kann mir vorstellen, wie mein Freund den Jungen in ein Taxi steckt und geduldig die Castellana abfährt. Ich sehe ihn sogar amüsiert, wie er ihn fragt, was er zu dieser oder jener meint, wie er selbst seine Meinung sagt, als wären sie zwei Kumpane, die auf Abenteuer gehen, zwei Hurenböcke in einer Samstagnacht. Schließlich nehmen sie die Kubanerin und gehen alle drei nach Hause. Der Junge besteht darauf, daß Dorta sie flachlegt, damit er zusehen kann, oder so was. Mein Freund gibt sich nicht zu allem her, seine Neigungen sind, die sie sind, aber er läßt es sich von der Frau machen, passiv, alles, um dem anderen zu Gefallen zu sein und später seinen Willen zu bekommen. Der kleine Macho wird hysterisch, als die Reihe an ihm ist, er wird gewalttätig, er holt die Lanze, die ihm witzig erschienen ist, als er in die Wohnung kam, oder vielleicht hatten sie sie schon im Schlafzimmer auf Anweisung von Dorta selbst, damit der Junge wie eine Statue mit ihr posierte, solche Spiele mochte er. Und er macht sie beide kalt, weil er sich in der Falle fühlte, auch wenn es freiwillig war. So was passiert oft, sie bereuen es, nicht? Sie machen einen Rückzieher, wenn es kein Zurück gibt. Sie werden solche Fälle kennen. Ich habe daran gedacht, und es erscheint mir möglich, das würde ein paar Dinge erklären, die nicht zusammenpassen."

Der Blick Gómez Aldays war noch immer nebulös und träge, aber seine Stimme klang gereizt und verächtlich:

„Sie sind ja ein schöner Freund. Was haben Sie gegen ihn, wollen Sie nur Scheiße auf seinen Leichnam häufen oder was, nette Geschichten, Sie haben ja einen kranken Geist", sagte er. Nicht, daß ich mich gut auskannte, aber der Inspektor hatte nicht die geringste Ahnung von den gängigen nächtlichen Praktiken und Tauschgeschäften. Den Erfordernissen. Sein Stolz ist wohl reiner als meiner, dachte ich. „Aber es taugt noch nicht mal als an den Haaren herbeigezogene Scheiße, Ihnen fehlt eine Tatsache, die wir damals nach wenigen Tagen erfuhren. Ihr Freund kam in der Tat in einem Taxi und in Begleitung nach Hause, aber er kam nur mit der Nutte, beide in skandalträchtigem Zustand, die Tussi mit entblößten Brüsten und er, der sie anfeuerte, wie der Taxifahrer sagte. Er kam her, um uns das zu erzählen, nachdem er von dem Mord gelesen und das Foto von Dorta in der Zeitung gesehen hatte. Der Lanzenmörder muß also später gekommen sein: der Zuhälter, der der Nutte, oder der Ehemann, der der Ehefrau folgte, oder beides zusammen, Ehemann und Zuhälter, Ehefrau und Nutte. Ich hab es Ihnen schon gesagt."

„Oder er konnte schon in der Wohnung sein", antwortete ich, pikiert durch den ungerechten Tadel. „Vielleicht zwang ihn der kleine Macho, nachdem sie sich ohne Erfolg an die Arbeit gemacht hatten, allein auf die Jagd zu gehen und ihm das Stück Wild zu bringen."

„Hm. Und Ihr Freund wäre durch die Straßen gelaufen und hätte ihn allein in der Wohnung gelassen?"

Ich überlegte. Dorta war furchtsam und vorsichtig. Er mochte eine Nacht den Narren spielen, aber doch nicht so weit, daß er sich von einem Strichjungen berauben ließ, während er auf die Suche nach einem Mädchen für ihn ging.

„Ich glaube nicht", antwortete ich überfordert. „Was weiß ich, vielleicht rief er den Strichjungen an, ließ ihn später kommen, die Zeitungsannoncen sind voll mit Angeboten für jede Uhrzeit."

In Gómez Aldays Augen blitzte es jetzt auf, aber es war eher der Ungeduld als etwas anderem geschuldet.

„Und wozu dann die Tussi, sagen Sie mir das mal, hm? Warum hat er sie dann wohl mitgebracht, wie? Was versteifen Sie sich denn so darauf, eine Tunte zu beschuldigen. Was haben Sie gegen sie?"

„Ich habe nie etwas gegen sie gehabt. Mein bester Freund war das, was Sie gesagt haben, ich meine, so hat man ihn oft genannt. Sie glauben mir nicht, fragen Sie herum, fragen Sie bei den Schriftstellern, sie werden reden, sie sind klatschsüchtig. Fragen Sie in den Kaschemmen, auch das ist Ihr Terminus. Ich habe ihn mein ganzes Leben lang verteidigt."

„Es kostet mich Mühe zu glauben, daß Sie sein Freund waren. Außerdem, ich habe Ihnen schon gesagt, daß mich nur seine letzte Nacht interessiert, keine andere. Es ist die einzige, die mich angeht. Auf, verschwinden Sie."

Ich ging zur Tür. Schon mit der Hand auf dem Türknauf wandte ich mich um und fragte:

„Wer entdeckte die Leichen? Man hat sie abends gefunden, nicht?, am folgenden Abend. Wer ist in die Wohnung hinaufgegangen? Warum ist jemand hinaufgegangen?"

„Wir", sagte Gómez Alday. „Die Stimme eines Mannes sagte uns Bescheid, er sagte, daß wir dort zwei tote Tiere hätten, die verfaulten. So sagte er, zwei Tiere. Wahrscheinlich bekam der Ehemann Angst bei dem Gedanken, daß seine Nutte dort lag, mit einem Loch, ohne daß jemand etwas davon wußte. Er wird sentimental geworden sein. Er hängte sofort ein, nachdem er die Adresse genannt hatte, es hilft nicht besonders weiter." Der Inspektor drehte sich mit seinem Sessel um und wandte mir den Rücken zu, als hätte er mit seiner Antwort einen Schlußpunkt unter unser Gespräch gesetzt. Ich sah seinen breiten Nacken, während er wiederholte: „Verschwinden Sie."

Ich hörte auf, über die Sache nachzudenken, ich nahm an, daß die Polizei niemals etwas herausfinden würde. Ich hörte zwei Jahre lang auf, darüber nachzudenken, bis jetzt, bis zu einem Abend, an dem ich mich mit einem anderen Freund, Ruibérriz de Torres, zum Abendessen verabredet hatte, der ganz anders als Dorta ist und nicht so langjährig, er ist immer mit Frauen zusammen, die ihn gut behandeln, und er ist nicht verzagt und schon gar nicht resigniert. Er ist ein schamloser Kerl, mit dem ich mich gut verstehe, obwohl ich weiß, daß ich eines Tages die Treulosigkeit zu spüren bekomme, die er allen gegenüber an den Tag legt, und damit wird die Freundschaft ein Ende haben. Er ist auf dem laufenden über das, was in Madrid passiert, bewegt sich in allen Kreisen, kennt, wen er kennen will, oder richtet es so ein, er ist ein findiger Mensch, sein einziges Problem besteht darin, daß es in seinem Gesicht geschrieben steht, die Fähigkeit zum Betrug und der Wille zur arglistigen Täuschung.

Wir aßen zu Abend in *La Ancha*, auf der Sommerterrasse, einer dem anderen gegenüber, sein Kopf und sein Körper verdeckten für mich den nächsten Tisch, es gab keinen Grund, mich für ihn zu interessieren, bis die Frau, die an ihm den Platz von Ruibérriz einnahm, das heißt, den, der meinem gegenüber lag, sich seitlich bückte, um ihre Serviette aufzuheben, die mit dem leichten Wind, der sich beim Nachtisch erhoben hatte, davongeflogen war. Sie neigte sich zur Linken herab und schaute nach vorne, wie man es tut, wenn man etwas aufhebt, das in Reichweite ist und von dem man genau weiß, wohin es gefallen ist. Aber sie verließ sich und vertat sich, und deshalb mußte sie ein paar Sekunden lang mit den Fingern herumtasten, immer das Gesicht uns zugewandt, ich meine, in unsere Richtung, denn ich glaube nicht, daß sie ihren Blick auf etwas heftete. Es waren ein paar Sekunden – eins, zwei, drei und vier; oder fünf –, genug, damit ich ihr Gesicht sehen konnte und den langen Hals, den sie bei der kleinen Anstrengung des Wiederfindens oder Suchens reckte – die Zungenspitze in einem Mundwinkel –, ein sehr langer Hals oder länger vielleicht durch den sommerlichen Ausschnitt, ein kurzes, rundliches Kinn und geweitete Nasenflügel, dichte Wimpern und Augenbrauen wie Pinselstriche, der Mund groß und die Wangenknochen hoch, die Haut dunkel von Natur aus oder durch Schwimmbad oder Strand, das war schwer zu sagen auf Anhieb, auf den ersten Blick, obwohl mein erster Blick bisweilen wie eine Liebkosung ist, andere Male wie ein wirklicher Hieb. Das Haar war schwarz und vom Friseur gerichtet und lockig, ich sah ein Halsband oder eine Kette, ich erspähte den viereckigen Ausschnitt, ein Kleid mit Schulterträgern, weiß die Träger und auch das Kleid, ich hörte das Geklingel von Armreifen. Es waren die Augen, die ich am wenigsten sah, oder vielleicht übersah ich sie, weil ich gewöhnt war, sie nie auf der Fotografie zu sehen, zusammengepreßt dort, geschlossen dort mit dem schmerzhaften Ausdruck von jemandem, der unter großer Qual gestorben war. Oh ja, im Sommer gleichen die Frauen einander mehr als im Winter und im Frühjahr, vor allem für die Europäer, wenn sie Amerikanerinnen sind oder zu sein scheinen, wir können sie alle sehen, als wären sie ein und dieselbe, im Sommer passiert das oft, manche Nächte machen wir keinen Unterschied. Aber sie sah wirklich ähnlich aus. Das war eine gewagte Behauptung, das weiß ich wohl, die Ähnlichkeit zwischen einer sich bewegenden Frau aus Fleisch und Blut und einer bloßen Fotokopie vom Polizeirevier, zwischen den leuchtenden Farben und dem verschwommenen Schwarzweiß, zwischen dem lauten Lachen und der Erstarrung, zwischen schimmernden Zähnen und fauligen Backenzähnen, die nie gesehen, nur beschrieben worden waren, zwischen einer, die ohne sichtbare Geldsorgen gekleidet war und einer nackten Dahergelaufenen, zwischen einer lebendigen und einer toten, zwischen einem sommerlichen Ausschnitt und einem Einstich in der Brust, zwischen der gelösten Zunge und dem ewigen Schweigen der rissigen Lippen, zwischen den offenen Augen und den geschlossenen Augen, heiter, wie sie waren. Und dennoch war sie ähnlich, sie war so ähnlich, daß ich den Blick nicht mehr abwenden konnte, ich rückte sofort meinen Stuhl zur Seite, nach rechts, und da ich sie trotzdem nur halb und mit Unterbrechungen sah – sie war verdeckt durch Ruibérriz und durch ihren Begleiter, beide bewegten sich –, wechselte ich geradewegs den Stuhl, unter dem Vorwand, mich belästige der Wind, und setzte mich, nachdem ich meinen Nachtisch und mein Besteck und meine Gläser neu plaziert hatte, zur Linken des Freundes, um ohne Hindernisse zu sehen, und schaute pausenlos. Ruibérriz merkte es sofort, ihm kann man nicht viel vormachen, und so sagte ich zu ihm, da ich wußte, wie verständnisvoll er bei dergleichen Anfällen ist:

„Da ist eine Frau, die mir einfach den Atem raubt. Auch wenn es viel verlangt ist, dreh dich nicht um, bis ich es dir sage. Und noch etwas, ich sage es dir schon jetzt: wenn sie und der Mann, mit dem sie ißt, aufstehen, werde ich mich wie der Blitz an ihre Fersen heften, und wenn nicht, werde ich warten, solange es sein muß, bis sie fertig sind und dann das gleiche tun. Wenn du willst, dann komm mit, wenn nicht, dann bleib da, und wir rechnen später ab."

Ruibérriz de Torres glättete sich kokett das Haar. Es genügte ihm zu wissen, daß eine bemerkenswerte Frau in der Nähe war, um Männlichkeit abzusondern und sich aufzuplustern. Auch wenn er sie nicht sähe und sie ihn nicht; alle ein bißchen tierhaft, sein Nicki schwoll an.

„Ist es so schlimm?" fragte er mich beunruhigt, sein Hals wollte ihm nicht gehorchen. Von jetzt an würde es nicht mehr möglich sein, über etwas anderes zu sprechen, und das war meine Schuld, ich ließ kein Auge von der Frau.

„Für dich vielleicht nicht", antwortete ich. „Für mich womöglich ja. So schlimm und schlimmer."

Jetzt sah ich auch im Halbprofil den Begleiter, einen Mann von etwa fünfzig Jahren, der nach Geld aussah und leicht ungeschlacht wirkte, wenn sie eine Nutte war, dann war der Typ unerfahren und wußte nicht, daß er gleich hätte zur Sache kommen können, ohne die Formalität des Abendessens auf der Terrasse. Wenn sie es nicht war, dann war die Formalität berechtigt, weniger jedoch der Umstand, daß die Frau sich bereit gefunden hatte, mit einem so wenig attraktiven Individuum auszugehen, obwohl die Entscheidungen der Frauen in bezug auf ihre Liebeleien und ihre Lieben für mich immer ein Geheimnis gewesen sind, bisweilen eine Verirrung, meinem Urteil nach. Sicher war, daß sie nicht verheiratet waren noch verlobt oder sonstwas, ich meine, es war klar, daß sie noch nicht beieinandergelegen hatten, wie man einst sagte. Der Mann war allzusehr bemüht, sich unterhaltsam und aufmerksam zu zeigen; er füllte pünktlich ihr Glas, gab im Plauderton Anekdoten und Meinungen von sich, um nicht in ein Schweigen zu verfallen, das von jedem Kontakt abschreckt, zündete ihr die Zigaretten mit einem windgeschützten Feuerzeug an, mit einer Glut, wie sie die Anzünder in den Autos haben, das alles machen Spanier nicht, wenn sie nicht auf etwas aus sind, sie pflegen ihr Verhalten nicht.

In dem Maße, wie ich sie anschaute, schwächte sich meine anfängliche Überzeugung ab, wie es bei allem geschieht: Auf die Sicherheit folgt Ungewißheit und auf die Unsicherheit Bestätigung, im allgemeinen, wenn es zu spät ist. Ich nehme an, daß das Bild der lebendigen Frau, je mehr die Minuten verstrichen, das der toten überlagerte, es verdrängte oder verschwimmen ließ und damit den Vergleich immer weniger ermöglichte, die Ähnlichkeit verringerte. Sie benahm sich natürlich wie ein leichtes Mädchen, was nicht bedeutete, daß sie es sein mußte, für mich konnte sie es nicht sein in dem Maße, wie sich vor sie noch die Trostlosigkeit der Lichter und des Fernsehens schob, die einen ganzen Tag lang eingeschaltet gewesen waren, und des unverdienten Samens im Mund und des Lochs in der Brust, das sie noch weniger verdiente. Ich schaute sie an, schaute ihre Brüste an, schaute sie aus Gewohnheit an und auch, weil sie das waren, was ich an der Ermordeten am meisten kannte, außer dem Gesicht, ich versuchte mich auch hier am Wiedererkennen, aber es war unmöglich, sie waren von Büstenhalter und Kleid bedeckt, obwohl ihr Ansatz in dem weder zurückhaltenden noch übertriebenen Ausschnitt erkennbar war. Wie ein Blitz ging mir der unanständige Gedanke durch den Kopf, daß ich um jeden Preis diese

Brüste sehen mußte, ich war sicher, daß ich sie wiedererkennen würde, wenn ich sie entblößt sehen könnte. Das würde nicht einfach sein, schon gar nicht an diesem Abend, an dem ihr Begleiter die gleichen Absichten hatte und mir nicht seinen Platz überlassen würde.

Plötzlich roch ich den Geruch, einen süßlichen, schweren Geruch, ein unverwechselbares Aroma, ich wußte nicht, ob er zum ersten Mal zu mir kam, weil der Wind sich gedreht hatte – umgesprungen war –, oder ob es die erste Zigarette mit Nelkengeschmack war, die an unserem Nebentisch geraucht wurde, eine gute, besondere Zigarette zum Kaffee oder zum Branntwein, so wie jemand, der sich eine Zigarre gönnt. Ich blickte rasch auf die Hände des Mannes, ich sah die rechte, er spielte mit dem Feuerzeug herum. Es war die Frau, die eine Zigarette in der linken Hand hielt, und der Mann hob nun den linken Arm, um den Kellner mit einer Geste um die Rechnung zu bitten, die Hand leer, also rauchte nur sie in diesem Augenblick exotischen Geruchs, sie rauchte eine indonesische Gudang Garam, die knistert, während sie langsam verbrennt, ich hatte vor zwei Jahren ein Päckchen gehabt, das letzte, was ich von Dorta erhalten hatte, und ich war sparsam damit umgegangen, aber nicht zu sehr, einen Monat, nachdem er es mir geschenkt hatte, war es aufgebraucht, ich rauchte die letzte Zigarette zu seinem Angedenken, na ja, jede einzelne und alle, ich bewahrte die leere rote Packung auf, ‚Smoking kills' steht darauf. Wie war es möglich, daß es bei ihr – wenn sie es war – so lange gehalten hatte, das Päckchen, das mein Freund wohl auch ihr geschenkt hatte, in der gleichen Nacht. Zwei Jahre, die ‚kretek'- Zigaretten dürften trocken wie Sägemehl sein, ein offenes Päckchen, und doch war dieser Geruch durchdringend.

„Riechst du, was ich rieche?“ fragte ich Ruibérriz, der langsam ungeduldig wurde.

„Darf ich sie jetzt anschauen?“

„Riechst du es?“ beharrte ich.

„Ja, irgend jemand raucht da Weihrauch oder so was, nicht?“

„Nelke“, antwortete ich. „Tabak mit Nelke.“

Die Geste des Mannes gegenüber dem Kellner erlaubte mir, einem anderen gegenüber die gleiche Geste des Schreibens zu machen und bereit zu sein, als das Paar aufstand. Erst in diesem Augenblick gestattete ich Ruibérriz, sich umzudrehen; er drehte sich um, er beschloß, mich zu begleiten. Wir folgten ihnen in ein paar Schritten Abstand, ich sah die Frau zum ersten Mal aufrecht – der Rock kurz, Schuhe, die die Zehen frei ließen, lackierte Fußnägel –, und während dieser Schritte hörte ich auch ihren Namen, den sie nie für mich gehabt hatte, auch nicht für Gómez Alday oder, wer weiß, für Dorta. „Kaum zu glauben, wie gut du dich bewegst, Estela“, sagte der Ungeschlachte zu ihr, nicht so ungeschlacht, um nicht recht zu haben mit seiner Äußerung, die mehr Bewunderung als Schmeichelei enthielt. Wir trennten uns einen Augenblick, Ruibérriz und ich, er ging zum Wagen, um mich abzuholen, sobald sie in ihren stiegen, es waren keine Leute, die Taxi fuhren. Als sie es taten, stieg ich in den unseren, und wir fuhren in geringer Entfernung hinter ihnen her, es herrschte kein starker Verkehr, aber doch genug, daß sie keinen Anlaß hatten, uns zu bemerken. Die Fahrt war kurz, sie gelangten zu einer

Gegend mit Chalets, Torpedero Tucumán hieß die Straße, ein komischer Name, um einen Brief dorthin zu senden. Sie parkten und gingen in eines davon hinein, ein dreistöckiges, in jedem Stock brannten Lichter, als wären eine Menge Leute im Haus, vielleicht gingen sie zu einem Fest, nach dem Abendessen das Fest, wirklich, mit was für Formalitäten dieser Typ aufwartete.

Ruibérriz und ich parkten, ohne vorerst den Wagen zu verlassen, von dort aus sahen wir die Lichter, aber mehr nicht, die meisten Rolläden waren halb heruntergelassen, und es gab Gardinen, die der Wind nicht bewegte, man hätte sich einem Fenster im Erdgeschoß nähern und durch einen Spalt hindurchspähen müssen, möglich, daß wir das am Ende noch tun, dachte ich rasch. Aber sogleich schien uns, daß es sich nicht um ein Fest handeln konnte, denn es kam keine Musik aus den offenen Fenstern, auch nicht die Geräusche einer anarchischen Unterhaltung oder Gelächter. Nur bei zwei Zimmern im dritten Stock waren die Rolläden hochgezogen, und dort war niemand zu sehen, nur eine Stehlampe, Wände ohne Bücher oder Bilder.

„Was meinst du?" fragte ich Ruibérriz.

„Daß es nicht lange dauert, bis sie rauskommen. Da gibt es nicht viel Unterhaltung, es sei denn private, und diese beiden werden die Nacht nicht zusammen verbringen, zumindest nicht hier, was immer das auch für ein Haus sein mag. Hast du gesehen, wer aufgemacht hat, ob sie einen Schlüssel hatten oder geklingelt haben?"

„Ich konnte nicht, aber ich glaube, sie haben nicht geklingelt."

„Es kann sein Haus sein, und wenn es so ist, wird sie in

zwei Stunden rauskommen, spätestens. Es kann ihres sein, und dann wird er rauskommen, nach kürzerer Zeit, sagen wir, einer Stunde. Es kann ein Massagesalon sein, so nennt man sie jetzt gern, und dann wird auch er es sein, der geht, aber gib ihm nur eine halbe oder eine dreiviertel Stunde. Und schließlich könnte es da drinnen ein paar ausgewählte Glücksspiele geben, aber das glaube ich nicht. Nur in diesem Fall könnten sie die Nacht da drin verbringen und damit, zu verlieren und zurückzugewinnen. Mir will auch nicht in den Kopf, daß es ihr Haus ist. Nein, das wird es nicht sein."

Ruibérriz kennt sie gut, die Territorien der Stadt, er hat Übung und ein gutes Auge. Er stellt nicht viele Fragen und ist imstande, durch zwei Anrufe und vielleicht noch einmal so vielen seitens seiner Gesprächspartner egal was herauszubekommen und egal wen ausfindig zu machen.

„Warum findest du nicht für mich heraus, was das für ein Haus ist? Ich bleibe hier und warte, falls die beiden oder einer von ihnen früher als erwartet rauskommen. Du wirst nicht lange brauchen, das in Erfahrung zu bringen, da bin ich sicher, vielleicht genügt ja ein Blick in das Straßenverzeichnis."

Er schaute mich an, die gebräunten Arme auf dem Lenkrad.

„Was ist mit dieser Tussi? Was hast du vor? Ich habe sie nicht besonders gut gesehen, aber vielleicht ist es am Ende doch nicht so weit her mit ihr."

„Für dich nicht, wahrscheinlich, ich hab es dir schon gesagt. Laß mich sehen, was heute nacht passiert, ein andermal erzähle ich dir die ganze Geschichte. Ich muß wenigstens herausfinden, wo sie bleibt, wo sie wohnt oder wo sie heute nacht schläft, wenn ihr danach ist, zu schlafen."

„Es ist nicht das erste Mal, daß du mich bittest, daß ich auf eine Geschichte von dir warte, ich weiß nicht, ob dir das klar ist."

„Aber vielleicht ist es das letzte Mal", antwortete ich. Wenn ich ihm gleich erzählen würde, daß ich glaubte, eine Tote zu sehen, dann würde er mir möglicherweise nicht helfen, solche Dinge machen ihn nervös, wie mich auch, normalerweise, wir glauben an fast nichts.

Ich stieg aus dem Wagen, und Ruibérriz fuhr mit ihm davon, um seine Nachforschungen anzustellen. In dieser Gegend gab es weder Geschäfte noch Kinos, noch Kneipen, eine langweilige, baumbestandene Wohnstraße fast ohne Beleuchtung, ohne etwas, vor dem man das Warten hätte bemänteln oder verkürzen können. Wenn mich ein Anwohner sähe, würde er mich zweifellos für einen Herumtreiber halten, es gab überhaupt keinen Vorwand, um dort zu stehen, allein, schweigend, rauchend. Ich ging auf die andere Straßenseite, für den Fall, daß ich von dort etwas im oberen Stock sehen könnte, dem einzigen mit freien Fensteröffnungen. Ich sah etwas, aber es war sehr schnell, wie eine große Frau, die nicht Estela war, vorbeiging und verschwand und nach ein paar Sekunden wieder in der Gegenrichtung vorbeiging und abermals verschwand, wobei sie mir die Sicht nahm, da sie beim Hinausgehen die Lampe löschte: als wäre sie einen Moment hereingekommen, um etwas zu holen. Ich ging wieder auf die andere Straßenseite und näherte mich verstohlen, wie ein alter Dieb, der Gittertür; ich stieß sie auf, und sie gab nach, sie war offen, so läßt man sie, wenn ein Fest stattfindet oder wenn viele Leute an dem Ort aus- und eingehen. Ich ging weiter, so vorsichtig, daß, wäre ich auf Sand getreten, meine Füße keinen Abdruck hinterlassen hätten, ich näherte mich langsam einem der Fenster im Erdgeschoß, dem, das sich von mir aus gesehen links neben der Eingangstür befand. Wie bei fast allen war der Rolladen heruntergelassen, aber so, daß der warme Wind durch die Spalten eindringen konnte – der sich inzwischen gelegt hatte –, das heißt, er schloß nicht völlig. Dahinter hingen unbewegliche Gardinen, dieses Zimmer mußte eine Klimaanlage haben oder eine Sauna sein. Die Schritte, die man als möglich sieht, tut man oft, ohne es zu wollen, nur, weil sie möglich, weil sie uns in den Sinn gekommen sind, so werden viele Handlungen und viele Morde begangen, bisweilen führt die Idee zur Tat, als könnte sie nicht als bloße Idee fortdauern und leben, als gäbe es gewisse Möglichkeiten, die sich nicht halten und verschwinden, wenn sie nicht sofort umgesetzt werden, ohne daß wir gewahr werden, daß sie auch auf diese Weise verschwunden und gestorben sind, sie werden keine Möglichkeiten mehr sein, sondern Vergangenheit. Ich befand mich in der Situation, die ich im Wagen vorhergesehen hatte, mit den Augen dicht an dem Spalt, der in der Höhe meines Blickes lag, der blickte, forschte und versuchte, etwas durch einen so schmalen Zwischenraum und durch den durchsichtigen, weißen Stoff zu erkennen, der die Unterscheidung noch mehr erschwerte. Auch dort gab es nur das Licht einer niedrigen Lampe, ein großer Teil des Zimmers lag im Halbdunkel, es war, als versuchte man, eine Geschichte zu ergründen, deren hauptsächliche Elemente einem vorenthalten werden und von der man nur einzelne Gegebenheiten weiß, meine verschwommene Sicht und die so reduzierte Perspektive.

Aber mir schien, als sähe ich sie, und ich sah sie, beide, sie beide, Estela und den ungeschlachten Mann, einer auf dem anderen, außerhalb des Lichtkegels, es war aus mit den Formalitäten, auf einem Bett oder vielleicht war es eine Matratze oder es war der Boden, am Anfang unterschied ich nicht einmal, wer wer war, zwei dunkle, verschlungene Fleischmassen, dort gab es Nacktheit, sagte ich mir, die Frau hatte bestimmt ihre Brüste entblößt, die ich sehen mußte, oder vielleicht nicht, vielleicht nicht, sie konnte noch immer den Büstenhalter tragen. Es gab Bewegung oder eher Gerangel, aber es drang kaum ein Geräusch zu mir, weder Grunzen noch Schreie noch Lustlaute noch Lachen, wie eine Stummfilmszene, die nie in den anständigen Stummfilmkinos gesehen wurde, eine düstere, erstickte Anstrengung von Körpern, die gewiß eher einer weiteren Formalität hingegeben waren – dem Akt – als dem wirklichen Begehren, ohne Begehren nicht nur der ihre, sondern auch der seine, aber es war schwierig zu sagen, wo der eine aufhörte und der andere anfing oder wer wer war, eine groteske Situation, die durch das Dunkel und den Schleier verursacht war, wie ist es möglich, den Körper einer jungen Frau nicht von dem eines ungeschlachten Mannes zu unterscheiden. Plötzlich richtete sich eindeutig ein Brustkorb auf und ein Kopf mit Hut, sie gelangten kurz in den Lichtkegel, bevor sie wieder versanken, der Mann hatte sich für seine Nummer einen Cowboyhut aufgesetzt, heiliger Himmel, dachte ich, was für eine Witzfigur. Also lag er oben oder auf ihr, beim Aufrichten war mir, als sähe ich auch seinen behaarten, schwärzlichen, unangenehmen Oberkörper, breit und ohne Biegung, wenig beweglich. Ich wanderte mit meinen Augen zum nächsten Spalt hinunter, um zu sehen, ob ich in dieser Höhe die Frau und ihre Brüste erkennen könnte, aber dort verlor ich jede Sicht und kehrte zum oberen Zwischenraum zurück, in der Erwartung, daß er vielleicht müde würde und unten ausruhen wollte, es war seltsam, nicht zu wissen, ob es ein Bett oder eine Matratze oder der Boden war und noch seltsamer die Dämpfung der Geräusche, ein Schweigen wie von einer Knebelung. Dann bemerkte ich Regsamkeit bei dem schwitzenden, zweiköpfigen Tier, in das sie sich vorübergehend verwandelt hatten, sie werden die Position verändern, dachte ich, sie werden die Plätze vertauschen, um die Dauer der Formalität zu verlängern, was wiederum eine weitere Formalität ist, da die Elemente in Wirklichkeit nicht variieren.

Ich hörte das Türschloß und verdrückte mich nach links, es gelang mir, um die Ecke des Hauses zu biegen, bevor eine Frauenstimme diejenigen verabschiedete, die gingen („Leben Sie wohl, und gehen Sie mit Gott", als wäre sie Mexikanerin), ein Literaturkritiker, den ich vom Sehen kenne, das Gesicht eines reinrassigen Primaten und rote, plumpe Hosen, wie ein Ausflügler, eine zweite Witzfigur, wenn das ein Bordell war, dann wunderte mich nicht, daß dieser Typ es aufsuchen mußte, immer bezahlen, genau wie der andere, ein grauhaariger Typ mit Bürstenhaarschnitt und einem umgekehrten Eierkopf und Reptilienmund, dick und mit Brille und Krawatte. Sie traten selbstgefällig heraus und klopften großspurig auf das Gitter, niemand würde sie sehen, die Straße so verlassen und dunkel, der zweite Typ hatte einen kanarischen Akzent und war von seinem Aussehen und Gebaren her eine dritte Witzfigur, ein aufgeblasener Angeber. Als ich ihre Schritte nicht mehr hörte, kehrte ich zu meinem Spalt zurück, es waren zwei oder drei oder vier Minuten vergangen, und jetzt waren der Mann und Estela nicht mehr ineinander verschlungen, sie hatten nicht die Gestalt verändert, sondern die Sache unterbrochen, das Ende oder eine Pause. Der Typ stand oder kniete auf der Matratze, der Lichtkegel erleuchtete ihn, sie weniger, zurückgelehnt oder sitzend, ich sah ihr Haar von hinten, der ungeschlachte Mann hielt mit beiden Händen ihren Kopf gepackt und drehte ihn ein wenig, jetzt sah ich das Gesicht von beiden und den aufrechten Körper von ihm mit seinem üppigen Haar und seinem lächerlichen Hut, mir schien, als beginne er, mit seinen beiden Daumen Estelas Gesicht zu drücken, was für eine Kraft können zwei Daumen haben, es war, als liebkoste er sie und täte ihr zugleich weh, als bohrte er sich in ihre hohen Wangenknochen oder verabreichte ihr eine grausame, immer tiefer intensive Massage, er drückte ihre Wangen nach innen, als wollte er sie in sie hineinstülpen. Ich war besorgt, einen Augenblick dachte ich, er werde sie umbringen und könne sie nicht umbringen, weil sie schon tot war, und weil ich ihre Brüste sehen und mit ihr reden mußte, sie nach jener Lanze oder jenem Einstich fragen mußte – die Waffe war nicht in ihr, sie war herausgezogen – und nach meinem Freund Dorta, der ihr Blut an der Lanze empfangen hatte. Der Mann lockerte seinen Druck, ließ sie los, ließ seine Knöchel knacken, indem er sie zusammenpreßte, murmelte ein paar Worte und entfernte sich einige Schritte, vielleicht war es nichts, vielleicht erinnerten einige Männer einige Frauen auf diese Weise daran, daß sie ihnen wehtun können, wenn sie wollen. Er nahm den Hut ab, warf ihn zu Boden, als bräuchte er ihn nicht mehr, begann, seine Kleidung auf einem Stuhl zusammenzusuchen, er würde es sein, der ginge. Sie ließ sich fallen und blieb reglos liegen, sie wirkte nicht beschädigt oder war womöglich daran gewöhnt, gewalttätig behandelt zu werden.

„Víctor." Ich hörte die Stimme von Ruibérriz, der mich leise von der anderen Seite des Gitters her rief. Ich hatte ihn nicht kommen hören, auch nicht seinen Wagen.

Den Kopf in Richtung Chalet gewandt – manchmal fällt es schwer, den Kopf zu wenden –, ging ich so luftig, wie ich hereingekommen war, zu ihm hinaus, faßte ihn am Ärmel und zog ihn mit mir auf die andere Straßenseite.

„Was ist?" sagte ich. „Was hast du rausgefunden?"

„Was zu erwarten war, ein Bordell, jederzeit geöffnet, annonciert in der Zeitung, Supergirls, Europäerinnen und Amerikanerinnen und Asiatinnen, heißt es unter anderem. Es werden aber nicht mehr als ein paar sein. Das Telefon ist auf den Namen Calzada Fernández, Mónica, eingetragen. Also wird er rauskommen, wenn er noch nicht rausgekommen ist."

„Er muß gleich soweit sein, sie sind fertig, er zieht sich gerade an. Zwei Hurenböcke sind rausgekommen, die als Literaten hier herumlaufen, sie werden glauben, sie sind Waffen und Worte", sagte ich. „Wir müssen uns einen Moment von hier entfernen, denn wenn er rauskommt, gehe ich rein."

„Was sagst du, bist du verrückt geworden, willst du dich nach diesem Trottel in die Schlange stellen? Was hast du nur mit dieser Frau?"

Ich faßte ihn wieder am Ärmel und führte ihn weiter fort, unter ein paar Bäume, bis zu einer Stelle, wo wir für jeden, der herauskäme, unsichtbar wären. Ein träger Hund bellte in der Nachbarschaft und verstummte sogleich. Erst in diesem Augenblick antwortete ich Ruibérriz:

„Ich hab nichts von dem, was du glaubst, aber ich muß heute nacht noch ihre Brüste sehen, das ist das einzige, worauf es ankommt. Und wenn sie eine Nutte ist, um so besser: Ich bezahle sie, sehe sie mir gewissenhaft an, vielleicht reden wir eine Weile, und damit hat es sich."

„Vielleicht reden wir eine Weile, und damit hat es sich? Das glaubst du doch selber nicht. Es ist nicht so schlimm, aber für mehr als schauen reicht es schon. Was ist mit ihren Brüsten?"

„Nichts, ich erzähl es dir morgen, vielleicht gibt es aber auch nichts zu erzählen. Wenn du dem Typ im Wagen folgen willst, wenn er losfährt, schön, obwohl ich nicht glaube, daß das wichtig ist. Wenn nicht, danke für die Nachforschung, und jetzt laß mich, ich komme schon allein zurecht. Dir widersteht wahrhaftig nichts."

Ruibérriz schaute mich ungeduldig an, trotz des Lobes zum Schluß. Aber er erträgt mich normalerweise, er ist ein Freund. Bis er es nicht mehr ist.

„Der Typ ist mir egal und sie auch, in diesem Fall. Wenn du bereit bist, dann bleib hier, morgen erzählst du mir dann. Sei vorsichtig, du besuchst solche Orte normalerweise nicht."

Ruibérriz ging, und jetzt hörte ich im Gegensatz zu vorher den Motor seines Wagens in der Ferne, während die Haustür geöffnet wurde (vielleicht wieder „Gehen Sie mit Gott", es konnte nicht bis zu mir dringen). Ich sah den ungeschlachten Mann nun außerhalb des Geländes, das Geräusch der Gittertür drang wohl zu mir. Er lief müde in die Richtung, die meiner entgegengesetzt war – zu Ende die Nacht der Verstellung und der Anstrengung – , ich konnte mich schon in seinem Rücken vorwärtsbewegen, während er sich im schwarzen Laubwerk verlor, auf der Suche nach seinem Wagen. Ich war sehr ungeduldig, aber trotzdem wartete ich ein paar Minuten und rauchte noch eine Zigarette, bevor ich die Gittertür aufstieß. In dem Zimmer der Formalitäten brannte noch immer Licht, dieselbe Lampe, der heruntergelassene Rolladen mit seinen Spalten, sie lüfteten nicht sofort.

Ich drückte auf die Klingel, die altmodisch schrillte, nicht eine Glocke ertönen ließ. Ich wartete. Ich wartete, und eine große Frau öffnete mir die Tür, ich hatte sie im dritten Stock gesehen, sie wirkte wie eine unserer Tanten, als wir klein waren, Tanten von Dorta oder Tanten von mir, aus den sechziger Jahren gekommen, ohne ihre blonde Fliegende-Untertasse-Frisur oder ihr Make-up mit Pinsel und Puder und sogar mit Wimpernzange zu verändern.

„Ja, guten Abend?" sagte sie fragend.

„Ich möchte gerne Estela sehen."

„Sie duscht gerade", sagte sie ungezwungen und fügte ohne Arg hinzu, nur ihr gutes Gedächtnis zur Schau tragend: „Sie sind noch nicht hiergewesen."

„Nein, ein Freund hat mir von ihr erzählt. Ich bin auf

der Durchreise in Madrid, ein Freund hat mir in hohen Tönen von ihr gesprochen."

„Na daaann." Sie zog die Vokale tolerant in die Länge, sie hatte einen galicischen Akzent. „Mal sehen, was sich tun läßt. Sie werden ein bißchen warten müssen, das ist sicher. Kommen Sie herein."

Ein kleiner Salon im Halbdunkel mit zwei Sofas, die einander gegenüberstanden, man betrat ihn gleich vom Eingang her, man brauchte nur weiterzugehen. Die Wände fast leer, weder ein Buch noch ein Bild, nur ein großformatiges Foto im Querformat, das auf ein dickes Brett geklebt war, wie es sie früher in den Flughäfen und Reiseagenturen gab. Das Foto zeigte weiße Wolkenkratzer, die Aufschrift ließ keinen Raum für Vermutungen, ‚Caracas', ich bin nie in Caracas gewesen. Vielleicht war Estela Venezolanerin, dachte ich sofort, aber Venezolanerinnen haben normalerweise keine schlaffen Brüste, sondern sind für das Gegenteil bekannt. Estela vielleicht auch nicht, vielleicht war sie nicht die Tote, und alles war eine alkoholische, sommerliche, nächtliche Fata Morgana, viel Bier mit Zitrone und große Hitze, hoffentlich ist es so, dachte ich, Geschichten, die man sich einmal in der Zeit zu eigen gemacht hat, dürfen nicht mehr geändert werden, obwohl sie ihrerzeit ohne Erklärung übernommen wurden: Ihr Mangel an Erklärung wird am Ende zur Geschichte selbst, das ist die Geschichte, wenn man sie sich in der Zeit zu eigen gemacht hat. Ich setzte mich, Tante Mónica ließ mich allein, „Ich werde mich erkundigen, wann sie Zeit hat", sagte sie. Ich wartete auf ihre Rückkehr, ich wußte, daß sie vor der gewünschten Erscheinung stattfinden müßte, ein Adjutant, die Dame.

Und doch war es nicht so, die Dame ließ auf sich warten, sie kam nicht zurück, ich hatte Lust, das Badezimmer zu suchen, in dem sich die Nutte duschte, und hineinzugehen und sie zu sehen, ohne länger zu warten, aber ich würde sie erschrecken, und nach zwei Zigaretten war sie es, die mit nassem, wildem Haar die Treppe herunterkam, im Bademantel, aber mit ihren Straßenschuhen, die Fußzehen frei, die Nägel lackiert, die Schnallen gelöst als einziges Zeichen, daß auch ihre Füße zu Hause waren, sich zurückgezogen hatten. Der Bademantel war nicht gelb, sondern himmelblau.

„Haben Sie es sehr eilig?" fragte sie mich ohne Umstände.

„Sehr." Es war mir egal, was sie sich dabei denken mochte, nach einer Weile würde sie es gut verstehen, sie war es, die mir Erklärungen geben mußte. Sie schaute ohne Neugier, ohne richtig zu schauen, nicht wie Gómez Alday, wohl aber wie jemand, der keine Überraschungen in seiner Situation erwartet. Sie war eine unvollkommen hübsche Frau, oder sie war hübsch trotz ihrer Unvollkommenheiten, zumindest für den Sommer.

„Soll ich mich anziehen oder ist es dir recht so?" Sie ging zum du über, vielleicht fühlte sie sich im Recht, nachdem sie von meiner Eile wußte. Sich anziehen, um sich auszuziehen, dachte ich, für den Fall, daß ich letzteres sehen wollte.

„Es ist recht so."

Sie sagte nichts mehr, machte eine Kopfbewegung zu einer der Türen im Erdgeschoß und ging wie eine Büroangestellte, die ein Schriftstück sucht, auf sie zu und öffnete sie. Ich stand auf und folgte ihr sofort, sie mußte meine zweideutige Ungeduld spüren, sie schien sie nicht zu erschrecken, ihr eher Überlegenheit über mich zu verleihen, ihr Gebaren war herablassend, wie falsch sie lag, wenn sie es war und Rechenschaft über eine alte, vielleicht schon vergessene Nacht ablegen mußte. Wir traten ein, es war dasselbe, noch nicht gelüftete Zimmer, in dem sie mit dem ungeschlachten Typen gerungen hatte, ein saurer Geruch hing dort, der jedoch erträglicher war, als ich gedacht hätte. Ein Ventilator drehte sich an der Decke, von meinem Spalt aus hatte ich ihn nicht sehen können. Da war der Cowboyhut, auf den Boden geworfen, zur Benutzung vielleicht für Kunden mit Komplexen oder umgekehrten Eierköpfen, auch der Hut war zu mieten. Ein Cowboy-Element in Dortas letzter Nacht, er hatte mir von unglaubwürdigen Stiefeln erzählt, aus Krokodilsleder.

Sie setzte sich auf das Bett, das weder Matratze noch Bett war, eines dieser niedrigen japanischen Betten, von denen ich nicht mehr weiß, wie sie heißen, ich glaube, sie sind Mode.

„Hat man dir schon den Preis gesagt?“ Die Frage war lustlos, mechanisch.

„Nein, aber das macht nichts, wir reden später darüber. Es wird keine Probleme geben.“

„Mit der Señora“, sagte Estela. „Red mit der Señora darüber.“ Und sie fügte hinzu: „Also, wie willst du es haben? Außer schnell.“

„Schlag den Bademantel auseinander.“

Sie gehorchte, knüpfte den Gürtel auf, wobei sie etwas sehen ließ, aber es genügte mir nicht. Sie wirkte gelangweilt, sie wirkte überdrüssig, wenn es zuvor kein Begehren gegeben hatte, dann dürfte es jetzt stillschweigende Ablehnung geben. Ihr Akzent war mittelamerikanisch oder karibisch, sicher schon verhärtet durch ein jahrelanges Leben in Madrid.

„Schlag ihn weiter auseinander, ganz, weit auf, damit ich dich sehen kann", sagte ich, und meine Stimme muß zornig geklungen haben, denn sie schaute mich zum ersten Mal richtig an, mit aufblitzender Furcht. Aber sie schlug ihn so weit auseinander, daß auch die Schultern entblößt waren, wie bei einem alten Filmstar am Abend einer Galaveranstaltung, verfluchte Gala heute nacht, hier waren sie, die in Schwarzweiß wohlbekannten Brüste, hier erkannte ich sie wieder in Farbe, ohne einen Moment zu zweifeln, trotz des Halbdunkels, die verlockenden und wohlgeformten, aber von der Konsistenz her schlaffen Brüste, sie würden wie mit Wasser gefüllte Tüten unter den Händen nachgeben, sie war noch immer zu arm, um sie mit Plastik füllen zu lassen, zwei Jahre lang hatte ich sie blutüberströmt auf einer immer hinfälligeren Fotokopie angeschaut, öfter, als es gut gewesen wäre, öfter, als ich mir vorgestellt hatte, in dem Augenblick, da ich meine extravagante, morbide Bitte an Gómez Alday richtete, er war ein verständnisvoller Mann. An den Brüsten, die etwas weniger braun waren als der Rest, gab es keinerlei Einstich noch Riß noch Narbe noch Schnitt, die ganze Haut gleichförmig und glatt und ohne jede Verletzung, abgesehen von den Brustwarzen, die zu dunkel waren für meinen Geschmack, man gewöhnt sich daran, auf Anhieb, auf den ersten Blick zu wissen, was einem gefällt und was nicht.

Und sofort überstürzten sich in meinem Kopf zu viele

Gedanken, die lebende und folglich immer lebende Frau, der schmerzvolle Ausdruck auf dem Foto, die zusammengepreßten Augen und Zähne, diese geschlossenen Augen waren nicht die Augen einer Toten, denn die Toten machen keine Anstrengung mehr, alles hört auf, wenn sie den Geist aufgeben, selbst der Schmerz, wieso war mir nicht in den Sinn gekommen, daß dieser Ausdruck einem Lebenden gehörte oder jemandem, der im Sterben lag, aber niemals jemandem, der bereits tot war. Und dieser Slip, warum trug ihre Leiche den Slip, warum ein Kleidungsstück anbehalten, wenn man so weit geht, den Slip behält nur jemand an, der lebt. Und wenn sie am Leben war, konnte es auch mein bester Freund sein, Dorta, der Witzbold und der Resignierte, was für einen Scherz hatte er mit mir getrieben, indem er mich an seine Ermordung und an seine Verurteilung glauben ließ, was für einen Scherz, wenn er am Leben war.

„Wo hast du die Zigaretten her?" sagte ich.

„Was für Zigaretten?" Estela war plötzlich auf der Hut und wiederholte, um Zeit zu gewinnen: „Was für Zigaretten?"

„Die du vorhin geraucht hast, in dem Restaurant, mit Nelkengeschmack. Laß mich das Päckchen sehen."

Instinktiv zog sie den Bademantel zusammen, ohne den Gürtel zu knoten, als wollte sie sich vor ihrer Entdeckung schützen, sie hatte einen Typen vor sich, der sie beobachtet hatte und ihr seit *La Ancha* gefolgt war oder vielleicht vorher schon, die ganze Zeit. Mein Ton muß ziemlich nervös und gereizt gewesen sein, denn sie zeigte auf ihre Handtasche, die auf einem Stuhl lag, dem Stuhl, der die Kleidung des ungeschlachten Mannes ausgehalten hatte.

„Sie sind da. Ein Freund hat sie mir gegeben."

Ich hatte ihr Angst eingejagt, ich merkte, daß sie Angst vor mir hatte und daß sie deshalb tun würde, was ich von ihr verlangte. Es gab keine Überlegenheit oder Herablassung mehr, nur Angst vor mir und meinen Händen oder vor einer Waffe, die stechen oder ritzen könnte. Ich nahm die Handtasche, machte sie auf und holte das schmale, rote und goldene und schwarze Päckchen heraus mit seinem reliefartigen kurvigen Schienenstrang und der Aufschrift ‚Smoking kills', Rauchen tötet. Kretek.

„Was für ein Freund? Der eben bei dir war? Wer ist das?"

„Nein, ich weiß nicht, wer der ist, er wollte heute abend zum Essen ausgehen, ich war schon mal mit ihm zusammen, ein einziges Mal."

Ach, wie ich die Männer verabscheue, die den Frauen wehtun, und wie ich mich selbst verabscheute – oder es war später –, als ich Estela am Arm packte und ihr mit der Hand den Bademantel auseinanderriß, sie schutzlos machte und ihr mit meinem Daumen durch die Mulde ihrer Brüste fuhr, als wollte ich dort etwas herausholen, ich fuhr mehrmals mit ihm auf und ab, Druck ausübend, während ich sagte:

„Wo ist der Einstich, hm? Wo ist die Lanze, hm? Wo ist das ganze Blut, was ist mit meinem Freund passiert, wer hat ihn umgebracht, du hast ihn umgebracht. Wer hat ihm die Brille aufgesetzt, sag, hast du sie ihm aufgesetzt, von wem war die Idee, von dir?"

Ich hatte sie bewegungsunfähig gemacht mit dem verdrehten, dem auf den Rücken gedrehten Arm, und mit der anderen Hand, mit meinem so kräftigen Daumen, drückte ich auf ihr Brustbein, hinauf und hinunter, oder preßte es ihr zusammen oder rieb es ihr und spürte zu beiden Seiten die wirkliche Berührung der Brüste, die ich so oft mit meinen taktilen Augen gesehen hatte.

„Ich weiß nicht, was passiert ist, sie haben mir nichts gesagt", sagte sie wimmernd, „er war schon tot, als ich kam. Mich haben sie nur gerufen, um die Fotos zu machen."

„Sie haben dich gerufen? Wer hat dich gerufen? Wann?"

Man weiß nie, was unsere Daumen anstellen können, jemand, der mich durch den Spalt des Rolladens hätte sehen können, wäre beunruhigt gewesen, Daumen, die nicht uns gehören, wirken immer unaufhaltsam oder unkontrollierbar, als wäre es für sie immer zu spät. Aber diese gehörten mir. Mir wurde klar, daß es nicht nötig war, sie noch mehr zu erschrecken oder ihr noch mehr wehzutun, ich hörte auf damit, ließ sie los, ich spürte, daß meine Finger heiß geworden waren durch die Reibung, als würden sie vorübergehend brennen, dieses gleiche Brennen mußte sich in der Mulde ihrer Brüste ausbreiten, wie eine Warnung und eine Erinnerung, sie würde erzählen, was sie wußte. Aber bevor sie sprach, bevor sie sich faßte und sprach, ging mir der Gedanke durch den Kopf, warum man sie am folgenden Abend entdeckt hatte, so spät, mit viel zu großer Verspätung, die beiden Leichen, die nur eine war, vielleicht, um zu planen und alles vorzubereiten und die Fotos zu machen, und wer hatte diese Fotos gemacht, die nie veröffentlicht wurden, auch nicht das ihre, nicht einmal das Gesicht, halb verdeckt durch ihr von der eigenen, lebendigen Hand nach vorn gezogenes Haar, nur Bilder meines

Freundes Dorta aus besseren Tagen, ein Arrangement dieses Haar, das verhüllte, in der Nachricht stand, was die Polizei sagte, es gab keine Version von Nachbarn, und die Fotos hatte nur ich gesehen, nur im Büro von Gómez Alday, er dürfte sie höchstens einem Richter gezeigt haben.

„Die Polizei rief mich. Der Inspektor rief mich, er sagte, er brauche mich, um mit einer Leiche zu posieren, die eines gewaltsamen Todes gestorben war. Manchmal muß man eben alles machen, sogar sich mit einem Toten ins Bett legen, ich versichere dir, ich habe nichts mit ihm gemacht."

Dorta war tot. Ein paar Augenblicke lang hatte er aufgrund meines Verdachts wieder gelebt, nicht verwunderlich in Wirklichkeit: Die Gewohnheit und das, was sich angesammelt hat, genügen, damit das Gefühl der Anwesenheit sich niemals verflüchtigt, jemanden nicht zu sehen, kann zufällig sein, sogar bedeutungslos, und es gibt keinen Tag, an dem ich mich nicht an meinen Kindheitsfreund erinnere, mit dem keine Frau je etwas gemacht hat, weder tot noch lebendig, das bereitete Estela Sorgen, der Armen: „Er war schon tot, der Tote, das versichere ich dir"; weder vermischtes Blut noch Samen noch sonstwas, all das hatte Gómez Alday erfunden, um es mir oder jedem anderen Neugierigen oder Vorwitzigen zu erzählen, damit ich es mir in der Zeit zu eigen machte, die Zeitungen werden es rasch leid, sie brachten nicht so viele Einzelheiten, nur, daß es Sex zwischen zwei Leichen gegeben hatte, als sie noch keine waren.

„Und sie haben dich schön beschmiert, nicht? Mit ihrem falschen Blut und allem."

„Ja, sie haben mir die Brust mit Ketchup beschmiert und gewartet, bis es trocken wurde, und dann haben sie die Fotos gemacht. Es dauerte nicht lange, wegen der Hitze ging es schnell, der junge Typ machte sie. Sie gaben mir ein paar Tausender und sagten, ich solle schön den Mund halten." Mit ihrem Daumen machte sie die Geste, sich den Mund zu verschließen, wie ein Reißverschluß. Sie sprach weiter, aber sie verlor allmählich die Angst vor mir, sie würde deshalb nicht mit dem Sprechen aufhören, obwohl sie bestimmt gespürt hatte, daß mir der Ausdruck oder der Gedanke ‚die Arme' durch den Kopf gegangen war, wir alle spüren das, und es beruhigt uns. „Das ist schon ziemlich lange her. Wenn du redest, schicke ich dich mit Peitschenhieben nach Kuba zurück, auf einem Sklavenschiff, sagte er zu mir, das sagte der Inspektor. Und was ist jetzt damit, was jetzt, er wird mich nach Kuba zurückschicken."

„Der junge Typ", sagte ich, und meine Stimme klang noch gereizt, man konnte noch nicht ganz sicher vor mir sein, „was für ein junger Typ. Was für ein junger Typ."

„Der Junge, der die ganze Zeit bei ihm war, er machte seinen Militärdienst, er mußte in die Kaserne zurück, darüber redeten sie." Und obendrein wagte Gómez Alday, dachte ich, obendrein wagte er zu sagen, der Lanzenmörder könnte jemand sein, der gewohnt war, mit Bajonetten zu stechen, hier verfaulst du mit dem Herzen voll Eisen, auch wenn wir nicht im Krieg sind, ein Sack mehr, Mehlsack Federsack Fleischsack, kretek kretek. „Mehr weiß ich nicht, ich bin am Nachmittag hingekommen und gegangen, mit meinem Geld und den Zigaretten, die habe ich aus der Wohnung gestohlen, im

Hinausgehen, als sie mich nicht sahen, zwei Stangen. Mir bleiben noch drei oder vier Päckchen, ich rauche sie sparsam, die Leute sind beeindruckt, sie riechen noch immer stark."

Der Grund, sie zu rauchen, unterschied sich nicht sehr von dem Dortas, etwas hatten sie gemeinsam, er und Estela. Ich setzte mich neben sie auf das niedrige Bett und legte ihr die Hand auf die Schulter.

„Es tut mir leid", sagte ich. „Der Tote war mein Freund, und ich habe diese Fotos gesehen."

Er hat viel zu oft recht, Ruibérriz de Torres, er kennt uns alle gut. Schließlich und endlich hatte ich seit langer Zeit immer wieder dieses schmerzvolle Gesicht und diese reglosen, toten, blutüberströmten Brüste gesehen, und es machte mich froh, sie in Bewegung und lebendig und frisch geduscht zu sehen, obwohl mein Freund unverändert tot war und soviel Betrug mitgespielt hatte. Es war auch eine Form, die Frau zu bezahlen und sie für die unangenehmen Augenblicke zu entschädigen, obwohl ich ihr das Geld für nichts oder nur für die Information hätte geben können. Und nicht zuletzt würde ich ohnehin nicht schlafen können bis zur Öffnung der Büros und der Polizeireviere, obwohl einige von denen die Nacht schlaflos verbringen.

Ich ließ Geld in dem kleinen Salon, als ich hinausging, vielleicht zuviel, vielleicht zuwenig, Tante Mónica war gewiß schon vor Stunden zu Bett gegangen. Als ich ging, schlief die Frau. Ich dachte nicht, daß man sie nach Kuba zurückschicken würde, wie sie sagte.

Gómez Alday sah noch besser aus als das letzte Mal, da ich ihn gesehen hatte, vor fast zwei Jahren. Er hatte gewonnen mit der Zeit, bestimmt hatte man ihn befördert, er war sicher ruhiger geworden. Jetzt, da ich wußte, daß er nicht meinen dummen Stolz teilte, begriff ich, daß er auf der Hut war, wir, die wir ihn haben, sind weniger auf der Hut; ich hatte weder Zeit noch Lust für freundliche Fragen. Er weigerte sich nicht, mich zu empfangen, er erhob sich nicht von seinem Drehstuhl, als ich in sein Büro trat, er beschränkte sich darauf, mich mit seinen verschleierten Augen anzusehen, die keine große Überraschung verrieten, vielleicht Unmut. Er erinnerte sich an mich.

„Was gibt's?" sagte er.

„Es gibt, daß ich mit Estela gesprochen habe, Ihrer Toten, aber nicht mittels ihrer Fotografie. Mal sehen, was Sie mir jetzt über Ihren Lanzenmörder erzählen."

Der Inspektor fuhr sich mit einer Hand über den römischen Kopf, der jedesmal mehr Haar zu haben schien, er gewann durchaus mit seinen Implantationen, dachte ich eine Sekunde, unpassende Gedanken kommen in jedem Augenblick. Er nahm einen Bleistift von seinem Schreibtisch und klopfte mit ihm auf das Holz. Er rauchte nicht mehr.

„Sie hat also geredet", antwortete er. „Als sie ankam, hieß sie Miriam, wenn Sie die kubanische Nutte meinen."

„Was ist passiert? Sie werden es mir erzählen müssen. Sie wollten nicht bei den Tunten nachforschen, wozu sollten Sie die Zeit verlieren. Ich weiß nicht, wie Sie überhaupt gewagt haben, sie so zu nennen."

Gómez Alday lächelte ein wenig, vielleicht ein Anflug von Scham. Er wirkte nicht beunruhigter als ein kleiner Junge, den man bei einer Flunkerei ertappt hatte. Eine geringfügige Flunkerei, etwas, das über das Ausschimpfen hinaus keine Folgen haben wird. Vielleicht wußte er, daß ich mit der Geschichte zu niemandem sonst gehen würde, vielleicht wußte er es, bevor ich selbst es wußte. Er ließ sich Zeit mit der Antwort, aber nicht, weil er zögerte: Es war, als wäge er ab, ob ich das Geständnis verdiente.

„Na ja, man muß sich verstellen, nicht", sagte er schließlich und machte eine Pause, er hatte sich noch nicht entschlossen. Dann fuhr er fort: „Ich weiß nicht, ob Sie diese Jungen kennen, etwas hat Ihnen Ihr Freund erzählt, nicht. Wenn sie sehr jung sind, dann haben sie keinerlei Sinn für Treue, auch nicht für Anstand, sie gehen mit jedem in der Nacht, wenn man sie mit ein paar Schmeicheleien verführt oder gar mit ein wenig Berühmtheit oder einer guten Tour durch die teuren Lokale. Sie gehen aus, sie haben sonst nichts zu tun, sie gehen aus mit der Bereitschaft, sich verführen zu lassen. Sie haben keine Ahnung, sie sind sehr viel eitler als Frauen." Gómez Alday hielt inne, er sprach, als sei nichts von alldem weiter von Bedeutung und gehöre einer fernen Vergangenheit an, es stimmt, daß die Vergangenheit immer schneller fernrückt. „Na ja, der, der damals mit mir zusammen war. Ihn schleppte Ihr Freund eines Nachts ab, auf der Straße, ich hatte Wachdienst. Ich will ja nicht schlecht von ihm sprechen, er war Ihr Freund, aber er ging zu weit bei dem Jungen, die verflixte Lanze, und der bekam Angst und wurde nervös bei seinen Spielchen, Sie sagten es ja, ich erinnere mich, das passiert zuweilen, die Reuigen, sie können aus vielen Gründen bereuen, sie bekommen auch Angst bei dem, was nicht zum Programm gehört. Er verlor den Kopf und verpaßte ihm einen Schlag auf die Stirn, und dann spießte er ihn auf, ein gewaltiger Lanzenstich, als wär's ein Bajonett. Er war kein schlechter Junge, glauben Sie mir, er war beim Militär, obwohl ich schon lange nichts mehr von ihm gehört habe, sie verschwinden, wie sie auftauchen, sie sind nicht sentimental, im Unterschied zu den Zuhältern der Nutten und zu den Ehemännern. Er rief mich voll Panik an, man mußte etwas arrangieren und den Verdacht ablenken." Gómez Alday wirkte einen Augenblick lang hilflos und schwach, die Vergangenheit rückt plötzlich fern, wenn die Person aus unserem Leben verschwindet, die die Gegenwart ausmachte, der Faden der Kontinuität zerreißt, und auf einmal ist gestern sehr weit. „Was soll ich Ihnen sagen, was konnte ich anderes tun als ihm helfen, was ist gewonnen, wenn man zwei Leben ruiniert statt eines, vor allem, wenn es mit dem ersten ganz und gar aus ist."

Ich betrachtete seine etwas beleibte Gestalt, sie wirkte groß, sogar so, in seinem Sessel sitzend. Ihm fiel es nicht schwer, meinem Blick standzuhalten, seine schläfrigen Augen hatten möglicherweise niemals geblinzelt oder sich abgewandt, bis zur Hölle seine vernebelten Augen. Es lag keine Schwäche mehr in diesem Gesicht, es war nur eine Sekunde.

„Wer hat ihm die Brille aufgesetzt?" sagte ich schließlich. „Wer hat den Einfall gehabt, sie ihm aufzusetzen?"

Der Inspektor machte eine ungeduldige Geste, als habe meine Frage ihm den Gedanken eingegeben, daß ich die Erklärung und die Erzählung letztlich nicht verdiente.

„Lassen Sie den Quatsch", sagte er. „Fragen Sie mich nicht nach Kindereien bei einem Mordfall. Stellen Sie nur wichtige Fragen."

„Wie ist das möglich", – ich hörte auf ihn –, „niemand wollte den Körper der so lebendigen Toten sehen? Der Richter, der Gerichtsarzt."

Er zuckte die Schultern.

„Seien Sie doch nicht naiv. Hier und in der Leichenhalle machen wir, was wir wollen. Man ermittelt das, was einen interessiert, niemand stellt demjenigen Fragen, bei dem es sich nicht gehört. Zu etwas mußten sie ja nütze sein, die vierzig Jahre, in denen wir tun konnten, was wir wollten, ohne jemandem Rechenschaft abzulegen, eine lange Lehrzeit. Ich meine Franco, ich weiß nicht, ob Sie sich erinnern. Obwohl es überall gleich ist, man lernt auf vielerlei Weise."

Gómez Alday fehlte es nicht an Humor. Er war nicht jemand, dem man eine solche Frage stellen durfte, aber ich stellte sie ihm:

„Warum haben Sie dem Jungen so geholfen? Trotz allem haben Sie viel riskiert."

Es gab ein kurzes Aufblitzen in den schlafenden Augen, bevor er eine Geste wiederholte, die ich schon früher bei ihm gesehen hatte: Er drehte sich mit seinem Stuhl und wandte mir den Rücken zu, als setzte er damit einen Schlußpunkt unter seinen so sporadischen Umgang mit mir. Ich sah seinen breiten Nacken, während er sagte:

„Ich habe alles riskiert." Er schwieg einen Augenblick, und dann fügte er herausfordernd hinzu: „Wie, sind Sie nie verliebt gewesen?"

Ich drehte mich um und öffnete die Tür, um zu gehen. Ich antwortete nichts, aber ich glaubte mich zu erinnern, daß ich es gewesen war.

In der unentschiedenen Zeit

Ich sah ihn zweimal persönlich, und das erste Mal war das heiterste und das unglücklichste, obwohl letzteres nur im Rückblick, das heißt, jetzt ist es so, aber damals war es nicht so, daher sollte ich das eigentlich nicht sagen. Es war in der Diskothek Joy ziemlich spät nachts, vor allem für ihn, man nimmt an, Fußballspieler müssen früh im Bett liegen, ständig konzentriert auf das nächste Spiel, oder trainieren und schlafen, sich Videos von anderen Mannschaften oder von ihrer eigenen anschauen, sich selbst anschauen, ihre Erfolge und ihre Fehler und die verpaßten Gelegenheiten, die in diesen Filmen bis zum Ende aller Zeiten immer wieder verpaßt werden, schlafen und trainieren und sich ernähren, ein Leben verheirateter Babys, es ist gut, daß sie eine Frau haben, damit sie bei ihnen die Mutter spielt und ihren Zeitplan überwacht. Die meisten achten überhaupt nicht darauf, sie hassen es zu schlafen und hassen das Training, und die Großen denken nur an das Spiel, wenn sie aufs Spielfeld hinauslaufen und sehen, daß es besser für sie ist zu gewinnen, denn dort sind hunderttausend Personen, die sich in Gedanken sehr wohl seit einer Woche mit dem Kampf beschäftigen oder Rache an den verhaßten Gegnern verlangen. Für die Großen existieren die Gegner nur neunzig Minuten lang und nur aus einem einzigen Grund: Sie sind da, um sie daran zu hindern, das zu erreichen, was sie anstreben, das ist alles. Danach könnten sie einen trinken gehen mit diesen Gegnern, wenn das nicht schlecht angesehen wäre. Ressentiment ist Sache der mittelmäßigen Spieler.

Er war natürlich nicht mittelmäßig, eine Zeitlang dachte man, er würde ein Großer sein, wenn er reifer würde und intregierter wäre, was niemals eintrat, oder vielleicht zu spät. Er war Ungar, wie Kubala und Pukas und Kocsis und Czibor, aber sein Nachname war sehr viel unaussprechlicher für uns, er schrieb sich Szentkuthy, und die Leute nannten ihn am Ende ‚Kentucky', sehr viel vertrauter und spanischer, und daher kam es, daß man ihm bisweilen unpassenderweise den Spitznamen ‚Brathuhn' gab (er paßte nicht zu seinem athletischen Körperbau), die kühnsten und vehementesten Radiosprecher erlaubten sich Mißgriffe, wenn er das Spielfeld betrat: ‚Achtung, Kentucky kann den Barça in die Pfanne hauen.' Oder: ‚Vorsicht, Brathuhn kann die Friteuse zum Explodieren bringen, er will mal wieder ein bißchen fritieren, Achtung, alles Öl, kochendheißes Öl, Vorsicht, das brennt, Vorsicht, das ist glitschig, das vermischt sich nicht!' Es bot den Journalisten reiche Möglichkeiten, aber sie vergessen rasch.

Als ich in der Diskothek Joy mit ihm zusammentraf, war er seit einer und einer halben Saison in Madrid und sprach schon ein gutes Spanisch, sehr korrekt, wenn auch beschränkt, mit einem unleugbaren, aber erträglichen Akzent, es scheint, daß die Mitteleuropäer immer sprachbegabt sind, wir Spanier stellen uns am wenigsten geschickt an, wenn es gilt, andere Sprachen gut zu lernen oder auszusprechen, das sagten schon die römischen Geschichtsschreiber, dieses Volk, das unfähig ist, das stimmhafte.,s' auszusprechen, das von Scipio wie von Schillaci wie von Szentkuthy: Escipión, Esquilache, Kentucky, die linguistischen Tendenzen haben sich verändert. Szentkuthy (ich werde ihn bei seinem richtigen Namen nennen, da ich ihn schreibe und ihn nicht auszusprechen brauche) hatte bereits Zeit gehabt, die Faszination angesichts eines neuen Landes zu überwinden, das fröhlich und luxuriös war verglichen mit seiner vorherigen stahlharten Erfahrung, aber noch nicht, um es als etwas Selbstverständliches und Angemessenes hinzunehmen. Vielleicht erlebte er diesen Moment, der auf jede wichtige Errungenschaft folgt, in dem einem das Erreichte nicht mehr als bloßes Geschenk oder als Wunder erscheint (man glaubt es bereits) und man beginnt, um seine Fortdauer zu fürchten oder, besser gesagt, die mögliche Rückkehr in die Vergangenheit, mit der man einmal einverstanden war und die man daher auszulöschen trachtet – ich bin nicht der, der ich war, ich bin allein jetzt, ich komme nirgendwo her, und ich kenne mich nicht –, als Horror zu erahnen.

Gemeinsame Bekannte brachten uns am gleichen Tisch zusammen, obwohl er sich eine ganze Weile nur näherte, um eine Sekunde sein Glas zu greifen und zwischen den Tänzen einen Schluck zu nehmen, eine Form, zu trainieren, ein unermüdlicher Athlet, es dürfte mindestens für neunzig Minuten und eine Verlängerung reichen. Er tanzte schlecht, mit zu großer Begeisterung und zu wenig Rhythmus, ohne das minimale Können, das nötig ist, um die Bewegungen zu harmonisieren, und einige am Tisch lachten über ihn, in diesem Land gibt es ein Element der Grausamkeit in allen Situationen, ob wohl nichts dazu zwingt, es macht Spaß, wehzutun oder zu glauben, daß man es tut. Er kleidete sich besser als zu dem Zeitpunkt, da er zur Mannschaft stieß, den Fotos zufolge, die ich in der Presse gesehen hatte, aber nicht gut genug, verglichen mit seinen spanischen Mitspielern, die sich eifriger mit der Kleidung, das heißt mit den Anzeigen befassen. Er war einer dieser Männer, die den Eindruck vermitteln, immer mit aus der Hose gerutschtem Hemd herumzulaufen, obwohl sie es eingesteckt tragen, das Trikot trug er natürlich draußen auf dem Spielfeld, wenn der Schiedsrichter es ihm gestattete. Schließlich setzte er sich und befahl allen mit viel Getue und Gelächter, sie sollten tanzen gehen, damit er ihnen zusehen konnte, während er sich ausruhte, jetzt wollte er sich amüsieren, aber gewiß ohne Bosheit, ohne jede Grausamkeit, vielleicht wollte er von anderen Bewegungen lernen, die weniger unerfahren waren als die seinen. Ich war der einzige, der nicht auf ihn hörte, ich tanze nie, ich schaue nur. Er drängte mich nicht weiter, weniger, weil er nicht wußte, wer ich war, weil er mich nicht kannte – das schien ihm wenig auszumachen, in der Gewißheit, daß ihn dagegen alle kannten –, als aufgrund meiner eindeutig ablehnenden Geste. Ich schüttelte den Kopf, so wie wir Bewohner der Städte es gewöhnlich tun, wenn wir einem Bettler ein Almosen verweigern, ohne den Schritt zu verlangsamen. Der Vergleich stammt nicht von mir, er kam von ihm:

„Es scheint, als hätten Sie mir ein Almosen verweigert“, sagte er, als wir allein zurückblieben, die anderen auf der Tanzpiste, um ihm zu Gefallen zu sein. Er benutzte das ‚Sie‘ als guter Ausländer, dem die Regeln noch präsent sind, sein Vokabular war nicht schlecht, das Wort ‚Almosen‘ ist nicht so häufig.

„Woher weißt du das? Hat man es dir mal verweigert?“ sagte ich und duzte ihn dagegen, wegen des Altersunterschieds und wegen irgendeines unbewußten Überlegenheitskomplexes, dessen ich mir gleich bewußt wurde, weshalb ich hinzufügte: „Wir können uns duzen." Und doch fügte ich es hinzu wie jemand, der eine Erlaubnis erteilt.

„Wem nicht? Es gibt viele Arten von Almosen. Ich bin Szentkuthy", sagte er, während er mir die Hand reichte. „Hier stellt einen niemand vor."

Er war ein schlauer Typ: Er verhielt sich realitätsgerecht (alle wußten, wer er war), leugnete dieses Verhalten jedoch durch seine Worte. Das heißt, er unterschied zwischen beidem, was nicht so leicht ist, ohne maßlos heuchlerisch oder unausstehlich naiv zu erscheinen. Ich sagte ihm meinen Namen, fügte meinen Beruf hinzu, schüttelte ihm die Hand. Er fragte mich nicht nach diesem Beruf, der seinem so fernstand, er interessierte ihn nicht einmal, um eine ungeplante und sicher unerwünschte Unterhaltung zu füllen, er hatte damit gerechnet, allein am Tisch zurückzubleiben und dem Tanzen zuzuschauen. Sein blondes Haar war in zwei gewellte und fast symmetrische Blöcke geteilt, die nach hinten gekämmt waren, als wäre er ein Dirigent, ein quadratisches Lächeln wie aus einem Comic-strip, die Nase ein wenig breit, blaue, sehr kleine und sehr leuchtende Augen, wie kleine Jahrmarktslämpchen.

„Mit welcher bist du da?" sagte ich, während ich mit dem verneinenden Kopf auf die Frauen auf der Tanzpiste wies, sie waren alle als Gruppe tanzen gegangen. „Welche ist deine Freundin? Mit welcher von ihnen bist du zusammen?" beharrte ich, um die Frage deutlicher zu machen.

Es schien ihm zu gefallen, daß ich nicht gleich über die Mannschaft oder den Trainer oder die Meisterschaft redete, und deshalb antwortete er ohne Scham und mit einem fast kindlichen Lächeln. Sein Stolz war weder beleidigend noch quälend, nicht einmal für die Frauen, er sagte es, als hätten sie ihn gewählt, nicht umgekehrt, und vielleicht war es so gewesen:

„Von den sechs am Tisch", sagte er, „bin ich schon mit dreien zusammengewesen, wie finden Sie das?" Und er hob drei Finger der linken Hand, bei dem Lärm war es nicht leicht, sich zu verstehen. Er siezte mich weiterhin, die Wiederholung bewirkte, daß ich mir ein wenig alt vorkam.

„Und heute", antwortete ich, „geht es darum zu wiederholen oder zu erneuern."

Er lachte.

„Wiederholen nur, wenn es nicht anders geht."

„Ein Sammler, was? Was sammelst du noch? Von Toren abgesehen."

Er überlegte einen Augenblick.

„Genau, Tore und Frauen, weiter nichts. Jedes Tor eine andere Frau, das ist meine Art, sie zu feiern", sagte er so heiter, daß es wie ein bloßer Scherz wirkte, nicht wie Wahrheit.

Er hatte etwa zwanzig geschossen in der bisherigen Saison, nur in der Landesmeisterschaft, sechs oder sieben mehr beim Pokalwettbewerb und bei der Europameisterschaft. Ich verfolge den Fußball gewöhnlich, in Wirklichkeit hätte ich mit ihm lieber über das Spiel geredet, ihn wie ein Bewunderer mehr ausgefragt, wie ein Fan. Aber ihn langweilte das Thema bestimmt.

„War es immer so? Auch in Ungarn, beim Honved?" Man hatte ihn aus dieser Mannschaft in Budapest abgeworben, wo er geboren war.

„Oh nein, in Ungarn nicht“, sagte er ernst. „Da hatte ich eine Braut.“

„Was ist aus ihr geworden?“ fragte ich.

„Sie schreibt mir“, sagte er knapp und ohne jedes Lächeln.

„Und du?“

„Ich öffne ihre Briefe nicht.“

Szentkuthy war damals dreiundzwanzig Jahre alt, er war ein Kind, mich wunderte, daß er die Willenskraft oder den nötigen Mangel an Neugier dafür besaß. Auch wenn er den wahrscheinlichen Inhalt dieser Briefe kannte, ist es doch schwer, nicht wissen zu wollen, wie er gesagt wird. Er mußte auch Härte besitzen.

„Warum? Und sie schreibt dir trotz allem weiter?“

„Ja“, antwortete er, als sei nichts Seltsames daran. „Sie liebt mich. Ich kann mich nicht mit ihr beschäftigen, aber sie versteht es nicht.“

„Was versteht sie nicht?“

„Sie sieht die Dinge für immer, sie versteht nicht, daß die Dinge sich ändern, sie versteht nicht, daß ich nicht die Versprechen erfülle, die ich ihr einmal gemacht habe, vor vielen Jahren.“

„Versprechen ewiger Liebe.“

„Ja, wer hat sie nicht gemacht, niemand erfüllt sie. Wir alle reden viel, die Frauen verlangen, daß man mit ihnen redet, deshalb lerne ich die Sprache des Landes sehr schnell, sie wollen immer, daß man mit ihnen redet, vor allem danach, ich würde lieber nichts sagen, weder vorher noch nachher, wie beim Fußball, du schießt ein Tor und schreist, es ist nicht nötig, irgend etwas zu sagen oder zu versprechen, man weiß, du wirst mehr Tore schießen, das ist alles. Sie versteht nicht, sie glaubt, daß ich ihr gehöre, für immer. Sie ist sehr jung."

„Vielleicht lernt sie mit der Zeit."

„Nein, das glaube ich nicht, Sie kennen sie nicht. Für sie werde ich immer ihr gehören. *Immer.*"

Dieses letzte Wort sagte er mit ominöser Stimme und mit Respekt, als wüßte dieses ‚immer', das nicht ihm, sondern ihr gehörte, das er täglich durch die Tatsachen und durch die Entfernung leugnete, trotz allem, daß es mehr Kraft besaß als jede seiner Verhandlungen, als jedes seiner Madrider Tore und jede seiner flüchtigen, austauschbaren Frauen. Als wüßte es, daß man nichts gegen einen bejahenden Willen vermag, wenn der eigene nur ein Wille ist, der sich entzieht und verneint, die Leute reden sich ein, daß sie etwas wollen, als wirksamstes Mittel, es zu erreichen, und diese Leute werden immer im Vorteil sein gegenüber jenen, die nicht wissen, was sie wollen, oder nur das klar sehen, was sie nicht wollen. Wir, die wir so sind, sind wehrlos, wir leiden unter einer außerordentlichen Schwäche, derer wir uns nicht immer bewußt sind, und so kann uns leicht eine andere, größere Kraft vernichten, die uns gewählt hat, der wir nur eine Zeitlang entkommen, es gibt welche, die unendlich entschlossen und unendlich geduldig sind. Durch die Art, in der Szentkuthy ‚immer' gesagt hatte, wußte ich, daß er am Ende diese junge Frau seines Landes, die ihm schrieb, heiraten würde, das dachte ich in jenem Augenblick ohne große Intensität, im Grunde war es ein flüchtiger, anekdotischer Gedanke, er war mir gleichgültig, ich würde Szentkuthy nur im Fernsehen oder im Stadion sehen, allerdings so oft ich konnte, ich liebte sein Spiel.

Einige der Tänzer kehrten an den Tisch zurück, daher sagte ich zu ihm:

„Vorsicht, Kentucky, eine der drei Frauen, mit denen du nicht zusammengewesen bist, ist mit mir da."

Er ließ ein elementares, schallendes Gelächter vom Stapel, das die Musik übertönte, und ging wieder auf die Piste. Von dort aus rief er mir zu, bevor er erneut zu tanzen begann:

„Und sie gehört Ihnen, nicht wahr? Sie gehört Ihnen für immer!"

Sie gehörte mir nicht, aber sie und ich gingen, bevor er die Verlängerung seines Tanzes ausschöpfen und sehen konnte, ob er heute abend erneuern konnte oder wiederholen mußte. Am Nachmittag hatte er drei Tore gegen Valencia geschossen. Ich dachte einen Moment an seinen Landsmann Kocsis, einen Mittelstürmer des F.C. Barcelona mit dem Spitznamen ‚Goldköpfchen', wenn ich nicht irre, er beging Selbstmord vor Jahren, einige Jahre, nachdem er sich zurückgezogen hatte. Ich weiß nicht, warum ich an ihn dachte und nicht an Kubala oder an Puskas, die es verstanden, sich zu amüsieren und später eine Karriere als Trainer zu machen. Schließlich und endlich amüsierte sich Szentkuthy an jenem Abend.

Ich sah ihn noch zwei Spielzeiten weiter spielen, in denen er Höhen und Tiefen erlebte, aber mehrere Bilder hinterließ, die im Gedächtnis blieben. In meiner Erinnerung herrscht das Bild vor, das bei allen vorherrscht, die es sahen: Bei einem Europapokalspiel gegen Inter Mailand, bei dem ein Tor fehlte, um das Halbfinale zu erreichen, blieben nur noch zehn oder zwölf Minuten zu spielen, als Szentkuthy den Ball in seinem Feld bekam, nach der Abwehr eines Eckstoßes gegen sein Tor. Er allein mußte zum Gegenangriff antreten, und es gab noch zwei Verteidiger, die zwischen ihm und dem gegnerischen Torhüter zurückgeblieben waren; er entledigte sich des einen dadurch, daß er schneller war, und des anderen durch eine Ausweichbewegung, bevor er zum Strafraum gelangte; der Torwart kam ihm dort in letzter Verzweiflung entgegen, er umspielte auch ihn und entging seinem Versuch, ihn zu foulen: In diesem Augenblick hob er den Blick zu dem völlig leeren Tor, er brauchte nur noch den Ball vom Rand des Strafraums aus zu stoßen, um das Tor zu schießen, das bereits das ganze Stadion sah und dem es mit diesem Rest von Angst entgegenfieberte, der immer zwischen dem unmittelbar Bevorstehenden und Sicheren und seinem tatsächlichen Eintreffen existiert. Das erregte Gemurmel verwandelte sich plötzlich in Stille, sie verbarg einen in hunderttausend Kehlen erstickten Schrei, der nicht herauskam: „Schieß! Schieß doch, um Himmels willen!", alles wäre endgültig mit dem Ball im Netz, nicht vorher, man mußte ihn da drinnen sehen. Szentkuthy schoß nicht, sondern setzte seinen Weg fort mit dem Ball dicht am Fuß, dem kontrollierten Ball, bis zur Torlinie, und dort stoppte er ihn mit der Sohle seines Stiefels. Eine Sekunde lang hielt er ihn still, drückte ihn mit seinem Stiefel gegen den Rasen oder den Kalk der Linie, ohne ihn hinüberrollen zu lassen. Zwei weitere italienische Verteidiger liefen wie der Blitz auf ihn zu, auch der wieder zur Besinnung gekommene Torwart. Sie konnten unmöglich rechtzeitig eintreffen, Szentkuthy brauchte ihn nur loszulassen, damit er über diese Linie rollte, aber beim Fußball sieht man nichts als sicher an, solange es nicht geschieht. Ich kann mich nicht erinnern, jemals eine so erstickte Stille in einem Stadion erlebt zu haben. Es war nur eine Sekunde, aber ich glaube nicht, daß sie aus dem Gedächtnis eines einzigen Zuschauers verschwunden ist. Sie markierte den abgrundtiefen Unterschied zwischen dem Unvermeidbaren und dem nicht mehr Vermiedenen, zwischen dem, was noch Zukunft ist, und dem, was schon vergangen ist, zwischen dem ‚noch nicht' und dem ‚schon passiert', dessen greifbaren Übergang zu erleben uns sehr selten vergönnt ist. Als der Torwart und die beiden Verteidiger auf ihn zustürzten, rollte Szentkuthy den Ball sanft mit der Sohle ein paar Zentimeter weiter und stoppte ihn, nachdem er die Torlinie überquert hatte. Er schoß ihn nicht ins Netz, er stieß ihn gerade nur soweit an, daß das, was noch kein Tor war, eines wurde. Niemals war die unsichtbare Wand, die ein Tor abschließt, so deutlich geworden. Es war Verachtung und Angeberei, das Stadion erdröhnte vor stürmischem Beifall und füllte sich mit Taschentüchern, die Bewunderung für das ganze Manöver verband sich mit der Erleichterung nach dem überflüssigen Leiden, zu dem Szentkuthy hunderttausend Personen und noch ein paar Millionen mehr, die das Ganze zu Hause verfolgten, verurteilt hatte. Die Radiosprecher mußten ihren Schrei in der Schwebe lassen, sie gaben ihn erst von sich, als er es wollte, nicht eine Sekunde früher. Er leugnete das unmittelbare Bevorstehen, und es war nicht so sehr, daß er die Zeit anhielt, als daß er sie markierte und unentschieden machte, als würde er sagen: ‚Ich bin der Urheber, und es wird geschehen, wann ich es sage, nicht, wann ihr wollt. Denn ich bin es, der entscheidet.' Man mag nicht daran denken, was geschehen wäre, wenn der Torwart rechtzeitig gekommen wäre und ihm den Ball unter dem Stiefel weggenommen hätte. Man mag nicht daran denken, weil es nicht geschehen ist und weil es große Angst macht, niemand verzeiht demjenigen, der das Glück auskostet, wenn das Glück ihm zur Strafe den Rücken kehrt, nachdem es völlig auf seiner Seite gewesen ist. Jeder andere Spieler hätte vom Rand des Strafraums her in das leere Tor geschossen, als es keine Hindernisse mehr gab, mit seinem bejahenden Willen, das Ausscheidungsspiel zu gewinnen und es so rasch wie möglich zu gewinnen. Szentkuthys Wille war zumindest wankend, so als wollte er betonen, daß es nichts Unvermeidbares gibt: Es wird ein Tor sein, aber seht her, es könnte auch keines sein.

Die Saison war in ihrer Gesamtheit nicht gut, trotz dieses Manövers oder vielleicht wegen ihm, und die folgende war verheerend. Szentkuthy wirkte lustlos, er schoß kaum Tore und spielte nur anfallweise, er verletzte sich im Januar und erholte sich während der ganzen Meisterschaft nicht mehr, er ließ sie praktisch aus.

Einmal wurde ich eingeladen, ein Spiel in der Präsidentenloge anzuschauen, und neben mir saß Szentkuthy, zu meiner Linken; an seiner Seite eine junge, leicht altmodisch aussehende Frau, ich hörte, daß sie ungarisch sprachen, ich sagte mir, daß sie wohl Ungarin war, ich verstand kein Wort. Er erkannte mich nicht, was normal ist, er schaute mich kaum an, er war in das Spiel vertieft, als befände er sich auf dem Rasen mit seinen Mitspielern, in Hochspannung. Ab und zu schrie er ihnen etwas auf spanisch zu, denn von dort aus sah er ganz deutlich, was sie bei jeder verpaßten Gelegenheit zu tun hatten. Es war offensichtlich, daß er litt, weil er nicht unten bei ihnen war. Wenn ihm keine Tore mehr bleiben, werden ihm nur noch Frauen bleiben, dachte ich. Wenn er sich zurückzöge, wäre er immer zu jung.

In der Pause kehrte er in die Wirklichkeit zurück, aber er rührte sich nicht vom Platz, trotz des kalten, sonnigen Nachmittags. In diesem Augenblick wagte ich, das Wort an ihn zu richten. Er war besser gekleidet, mit Krawatte und Mantel mit hochgeschlagenem Kragen, er hatte mehr Anzeigen gesehen. Er rauchte eine Zigarette in jeder Halbzeit, vor seinen Vorgesetzten und den Kameras.

„Wann sehen wir dich wieder in kurzen Hosen, Kentucky?“ fragte ich ihn.

„*Zwei* Wochen“, sagte er und hob zwei Finger, als wollte er es durch Tatsachen bestätigen. Es war Februar.

Die junge Frau, die wahrscheinlich wenig, aber genug verstand, machte eine zweifelnde Geste, begleitet von einem bescheidenen Lächeln, und hob drei Finger, dann einen vierten, als wollte sie ihn zur Wahrheit auffordern. Ihre Einmischung erlaubte mir, ihn zu fragen:

„Ist deine Frau auch Ungarin?“

„Ja, sie ist Ungarin“, antwortete er, „aber sie ist nicht meine Frau.“ Er hatte einen Sinn für Wörtlichkeit, wie er typisch ist für Leute, die eine Sprache sprechen, die nicht die eigene ist. „Sie ist meine Braut.“

„Sehr angenehm“, sagte ich und gab ihr die Hand und fügte meinen Namen hinzu, stellte mich vor, dieses Mal ohne Beruf.

„Sehr erfreut, Señor“, brachte sie unsicher hervor, vielleicht ein einzelner Satz, den sie ohne Zusammenhang gelernt hatte, so wie man sogleich „Auf Wiedersehen“ und „danke“ lernt. Mehr sagte sie nicht, sie versank abermals auf ihrem Platz, geradeaus schauend, auf das gedrängt volle und an jenem Sonntag leicht schläfrige Stadion. Etwas über sie zu sagen wäre zu gewagt von mir, ich sah sie nur im Profil, und ich hörte sie noch weniger. Nur, daß sie sehr jung war und recht gefällig, irgendwie schüchtern und zugleich überzeugt, ein bejahender Wille. Alles andere als spektakulär, wenn man sie mit den Mädchen der Diskothek Joy verglich, selbst mit der Frau, die an jenem Abend mit mir gekommen war, seit einer ganzen Weile schon sah ich sie nicht mehr, wer weiß, ob sie sich wieder getroffen hatten, Szentkuthy und sie, eine weitere durchfeierte Nacht, in der es mir nichts mehr bedeutet hätte, mit wem sie gegangen wäre. Ich weiß nichts von ihr, und recht wenig wußte ich schon damals, an jenem Nachmittag in der Loge.

Das Spiel stand null zu null, und die Mannschaft spielte schlecht, bemüht, aber überhaupt nicht inspiriert. An solchen Tagen vermißte man Szentkuthy, obwohl er bis zu seiner Verletzung nicht geglänzt hatte.

„Na, wie wird das enden?“ fragte ich ihn.

Er schaute mich mit einer Miene momentaner Überlegenheit an, wahrscheinlich, weil ich ihn um seine Meinung bat, aber diese Miene habe ich oft bei frisch verheirateten Männern gesehen, obwohl er noch nicht geheiratet hatte. Manchmal ist sie Ausdruck eines Bemühens um Achtbarkeit, dem Lebemänner sich hingeben, um ihren Frauen oder Bräuten zu schmeicheln, wenn sie gerade geheiratet haben oder kurz davor stehen. Dann geben sie es auf, das Bemühen.

„Wir können leicht gewinnen, wir können schwer verlieren."

Ich verstand nicht recht, was er sagen wollte, und dachte darüber nach während der zweiten Halbzeit. Würden sie gewinnen, dann mit Leichtigkeit; würden sie verlieren, dann mit Schwierigkeit; oder aber, es war leicht für sie, zu gewinnen, und schwer, zu verlieren, vielleicht war es das, unmöglich, es zu wissen. Er war nicht zum Plaudern aufgelegt, und ich wollte nicht insistieren. Er wandte sich gleich wieder seiner Braut zu, sie sprachen Ungarisch und mit fast leiser Stimme. Sie war eine jener Frauen, die, um die Aufmerksamkeit des Ehemanns oder Bräutigams auf sich zu lenken, ihn mit zwei Fingern am Ärmel ziehen oder ihm die Hand in die Manteltasche stecken, ich könnte es nicht anders ausdrücken, ich darf es auch nicht.

In der zweiten Halbzeit wurde drei zu null gewonnen, und die Mannschaft spielte ab diesem Zeitpunkt fast immer sehr gut. Szentkuthy wurde daher kaum vermißt. Sein Knie entwickelte sich sehr viel schlimmer, als man am Anfang gedacht hatte, sehr viel schlimmer, als man im Februar und im März und im April und im Mai dachte. Oder aber er war nicht gehorsam bei seiner Genesung nach der Operation. Er hatte einen Konflikt mit dem Trainer, und am Ende der Saison gab man ihn frei, trat ihn an den französischen Fußball ab, zu dem die Großen gehen, wenn es scheint, daß sie es nicht ganz und gar werden und man sie auch nicht als solche in Erinnerung behalten wird. Er spielte noch drei Jahre in Nantes, ohne groß zu renommieren, hier hörte man wenig von ihm, die Journalisten vergessen schnell, so schnell, daß die Nachricht von seinem Tod etwas ausführlicher nur in der Sportpresse erschien, die ich gewöhnlich nicht kaufe, ein Neffe zeigte mir den Ausschnitt. Es ist schon acht Jahre her, daß Szentkuthy Madrid verließ, sicher fünf, daß er nicht mehr Fußball spielte, es sei denn, er hätte sich durch die unbekannten Mannschaften seines Landes geschleppt, hier weiß man fast nichts über Ungarn. Ein dreiunddreißigjähriger Mann im Augenblick seines Todes, ein junger Mann ohne neue Tore und mit seinen zu oft angeschauten Videos, er könnte nur Frauen sammeln im heimatlichen Budapest, dort würde er weiterhin ein Idol sein, der Junge, der fortging und in der Ferne triumphierte und für alle Zeit von der stolzen Erinnerung an seine weit zurückliegenden, immer mehr verschwimmenden Glanzleistungen leben wird. Er lebt nicht mehr, denn man hat ihn in die Brust geschossen, und vielleicht gab es eine Sekunde, in der seine schüchterne und überzeugte Frau in ihrem bejahenden Willen schwankte und zögerte, ob sie mit ihren zwei zarten Fingern auf den so harten Abzug drücken sollte, obwohl sie gleichzeitig wußte, daß sie es tun würde. Vielleicht gab es einen Augenblick, in dem das unmittelbare Bevorstehen geleugnet und die Zeit markiert wurde, in dem sie unentschieden wurde und Szentkuthy klar die Trennlinie und die normalerweise unsichtbare Wand sah, die Leben und Tod trennen, das einzige ‚noch nicht' und das einzige ‚schon passiert', die zählen. Manchmal haben die geringfügigsten Dinge Macht darüber, ein paar Finger ohne Kraft, die es leid sind, eine Tasche zu suchen und an einem Ärmel zu ziehen oder an der Sohle eines Fußballstiefels.

Keine Liebe mehr

Es ist sehr gut möglich, daß Gespenster, wenn sie denn noch existieren, es sich zur Regel machen, den Wünschen der sterblichen Hausbewohner entgegenzuwirken und zu erscheinen, wenn ihre Anwesenheit nicht willkommen ist, und sich verborgen zu halten, wenn man sie erwartet und erhofft. Obwohl es zuweilen auch Pakte gegeben hat, wie man dank der Dokumentation weiß, die von Lord Halifax und Lord Rymer in den dreißiger Jahren zusammengetragen worden ist.

Einer der bescheidensten und anrührendsten Fälle ist der einer alten Frau aus der Ortschaft Rye, um das Jahr 1910: ein günstiger Ort für diese Art unvergänglicher Beziehungen, da in ihm und im selben Haus, Lamb House, einige Jahre lang Henry James und Edward Frederic Benson lebten (jeder für sich und zu verschiedenen Zeiten, der zweite wurde sogar Bürgermeister), zwei der Schriftsteller, die sich am meisten und am besten mit solcherlei Besuchen und Erwartungen oder vielleicht Sehnsüchten befaßt haben. Diese alte Frau war in ihrer Jugend (Molly Morgan Muir war ihr Name) Gesellschafterin einer älteren, vermögenden Frau gewesen, der sie neben anderen Diensten, die sie ihr erwies, mit lauter Stimme Romane vorlas, um die Langeweile ihrer mangelnden Bedürfnisse und einer frühen Witwenschaft zu zerstreuen, gegen die es kein Mittel gegeben hatte: Misses Cromer-Blake hatte nach ihrer kurzen Ehe eine unerlaubte Enttäuschung in der Liebe erlebt, wie man im Dorf sagte, und dies hatte sie zweifellos – mehr als der Tod des wenig oder kaum denkwürdigen Ehemannes – schroff und verschlossen gemacht in einem Alter, in dem diese Eigenschaften nicht mehr spannend, aber auch noch nicht Gegenstand von Spott und liebenswert sein können. Aus lauter Überdruß wurde sie so träge, daß sie schwerlich imstande war, für sich und in der Stille und allein zu lesen, daher forderte sie von ihrer Gesellschafterin, ihr mit lauter Stimme die Abenteuer und Gefühle nahezubringen, die sich jeden Tag, den sie älter wurde – und sie wurde rasch und in monotoner Weise älter –, mehr von diesem Haus zu entfernen schienen. Die Hausherrin hörte immer stumm und in sich versunken zu, und nur dann und wann bat sie Molly Morgan Muir, ihr irgendeinen Passus oder irgendeinen Dialog zu wiederholen, von dem sie sich nicht ohne den Versuch, ihn im Gedächtnis zu behalten, für immer verabschieden wollte. Am Ende pflegte ihr einziger Kommentar zu lauten: ‚Molly, du hast eine schöne Stimme. Mit ihr wirst du die Liebe finden.'

Und während dieser Sitzungen geschah es, daß das Gespenst des Hauses in Erscheinung trat: Jeden Nachmittag, während Molly die Worte von Stevenson oder Jane Austen oder Dumas oder Conan Doyle aussprach, sah sie verschwommen die Gestalt eines jungen, ländlich aussehenden Mannes, ein Stallbursche oder ein Knecht. Als sie ihn das erste Mal sah, stehend und die Ellbogen auf die Rückenlehne des Sessels gestützt, in dem die Hausherrin saß, als hörte er aufmerksam dem Text zu, den sie vorlas, war sie kurz davor, vor Schreck zu schreien. Aber der junge Mann hob sogleich den Zeigefinger an die Lippen und gab ihr durch beschwichtigende Handbewegungen zu verstehen, sie solle fortfahren und seine Anwesenheit nicht verraten. Sein Gesicht war unschuldig, mit einem steten schüchternen Lächeln in den spöttischen Augen, das sich nur in einigen schwermütigen Momenten der Lektüre mit einem besorgten und naiven Ernst abwechselte, wie er dem eigen ist, der nicht ganz zwischen dem Geschehenen und dem Vorgestellten zu unterscheiden vermag. Die junge Frau gehorchte, obwohl sie an jenem Tag nicht vermeiden konnte, den Blick allzuoft zu heben und ihn auf eine Stelle über dem Dutt von Misses Cromer-Blake zu richten, die ihrerseits besorgt hochblickte, als wäre sie nicht sicher, ob ein eingebildeter Hut richtig saß oder eine Aureole in gehöriger Weise leuchtete. ‚Was ist, Mädchen?' sagte sie irritiert. ‚Was schaust du da oben an?' – ‚Nichts', antwortete Molly Muir, ‚es ist nur, um die Augen auszuruhen und sie dann wieder auf das Buch richten zu können. Zu lange Zeit würde sie ermüden.' Der junge Mann nickte mit seinem Tuch um den Hals, und die Erklärung genügte, um der Gesellschafterin zu ermöglichen, in der Folgezeit ihre Gewohnheit beizubehalten und zumindest die Neugier ihrer Augen zu befriedigen. Denn von diesem Zeitpunkt ab las sie Nachmittag für Nachmittag, mit wenigen Ausnahmen, für ihre Herrin und auch für ihn, ohne daß diese sich jemals umwandte noch von seinen unerlaubten Anwesenheiten wußte.

Der junge Mann ging weder herum noch erschien er in irgendeinem anderen Augenblick, weshalb Molly Muir in all den Jahren niemals Gelegenheit hatte, mit ihm zu sprechen oder ihn zu fragen, wer er war oder gewesen war und warum er ihr zuhörte. Sie dachte an die Möglichkeit, daß er der Verursacher der unerlaubten Enttäuschung war, die ihre Herrin in der Vergangenheit erlebt hatte, aber von deren Lippen kam nie Vertrauliches, trotz der Anregungen so vieler vorgelesener Seiten und durch Molly selbst bei den schleppenden abendlichen Unterhaltungen eines halben Lebens. Vielleicht war jenes Gerücht falsch, und die Hausherrin hatte in Wahrheit nichts zu erzählen, was der Erzählung wert war, und deshalb bat sie, die fernen und fremden und unwahrscheinlichsten zu hören. Mehr als einmal war Molly versucht, sich zu erbarmen und ihr zu erzählen, was jeden Nachmittag hinter ihrem Rücken geschah, sie an ihrer kleinen täglichen Aufregung teilhaben zu lassen, ihr die Existenz eines Mannes zwischen jenen Wänden mitzuteilen, die immer geschlechtsloser und schweigsamer wurden und in denen nur, bisweilen Tag für Tag und Nacht für Nacht, ihre weiblichen Stimmen ertönten, immer älter und wirrer die der Hausherrin, jeden Morgen etwas weniger schön, schwächer und flüchtiger die von Molly Muir, die ihr entgegen den Voraussagen keine Liebe gebracht hatte oder zumindest keine bleibende, die man berühren konnte. Aber immer, wenn sie kurz davor war, der Versuchung zu erliegen, erinnerte sie sich sogleich an die diskrete Geste des jungen Mannes – der Zeigefinger auf den Lippen, zuweilen wiederholt mit leichtem Spott in den Augen – und schwieg. Das letzte, was sie wollte, war, ihn zu verärgern. Vielleicht war es nur so, daß die Gespenster sich langweilen, genau wie die Witwen.

Als Misses Cromer-Blake starb, blieb sie im Haus und hörte einige Tage mit dem Lesen auf, betrübt und verwirrt: Der junge Mann erschien nicht. Überzeugt, daß jener ländliche Bursche die Bildung zu haben wünschte, die er sicher zu Lebzeiten entbehrt hatte, aber auch fürchtend, daß es nicht so sein könnte und daß seine Anwesenheit in mysteriöser Weise nur mit der Hausherrin verbunden war, beschloß sie, erneut mit lauter Stimme zu lesen, um ihn heraufzubeschwören, und nicht nur Romane, sondern auch geschichtliche und naturwissenschaftliche Abhandlungen. Es dauerte einige Zeit, bis der junge Mann wieder erschien – wer weiß, ob Gespenster nicht trauern, aus triftigerem Grund als jeder andere –, aber schließlich tat er es, vielleicht angelockt durch den neuen Stoff, dem er mit der gleichen Aufmerksamkeit zuhörte, wenn auch nicht mehr stehend auf die Rückenlehne gestützt, sondern bequem in dem leeren Sessel sitzend, bisweilen mit übereinandergeschlagenen Beinen und einer brennenden Pfeife in der Hand, wie der Patriarch, der er gewiß niemals gewesen war.

Die junge Frau, die allmählich älter wurde, sprach mit immer größerem Vertrauen zu ihm, aber ohne jemals eine Antwort zu erhalten: Nicht immer können oder wollen Gespenster sprechen. Und mit diesem immer größeren und einseitigen Vertrauen vergingen die Jahre, bis ein Tag kam, an dem der junge Mann nicht erschien, und er tat es auch nicht an den folgenden Tagen und Wochen. Die junge Frau, die schon fast alt war, sorgte sich am Anfang wie eine Mutter, fürchtete, ihm sei irgendein schweres Mißgeschick oder Unglück geschehen, ohne sich bewußt zu sein, daß dieses Verb nur unter Sterblichen angebracht ist und daß jene, die es nicht sind, außer Gefahr sind. Als sie es merkte, wich ihre Sorge der Verzweiflung: Nachmittag für Nachmittag betrachtete sie den leeren Sessel und schalt die Stille, stellte dem Nichts schmerzerfüllte Fragen, schleuderte der unsichtbaren

Luft Vorwürfe entgegen, fragte sich, welchen Fehler oder Irrtum sie begangen hatte, und suchte voll Eifer neue Texte, die die Neugier des Jungen wecken und ihn zurückholen könnten, neue Materien und neue Romane, und erwartete gierig jede neue Lieferung von Sherlock Holmes, dessen Geschicklichkeit und lyrischer Art sie mehr als jedem anderen wissenschaftlichen oder literarischen Köder vertraute. Und sie las weiter täglich mit lauter Stimme, um zu sehen, ob er sich einfinden würde.

Eines Nachmittags, nach Monaten der Trostlosigkeit, entdeckte sie, daß das Lesezeichen im Buch von Dickens, das sie ihm geduldig in Abwesenheit vorlas, nicht dort steckte, wo sie es gelassen hatte, sondern viele Seiten weiter vorn. Sie las aufmerksam dort, wo er es eingelegt hatte, und auf einmal begriff sie voll Bitterkeit und erfuhr die Desillusionierung jedes Lebens, so verborgen und still es auch sein mag. Ein Satz des Textes lautete: ‚Und sie alterte und bekam Falten, und ihre gebrochene Stimme war ihm nicht mehr angenehm.' Lord Rymer erzählt, daß die alte Frau sich wie eine verstoßene Ehefrau empörte und nicht etwa resignierte und schwieg, sondern dem Nichts mit großem Vorwurf entgegentrat: ‚Du bist ungerecht. Du alterst nicht und willst angenehme, jugendliche Stimmen und glatte, strahlende Gesichter betrachten. Glaub nicht, daß ich es nicht verstehe, du bist jung und wirst es immer sein. Aber ich habe dich jahrelang gebildet und zerstreut, und wenn du durch mich so viele Dinge und auch das Lesen gelernt hast, dann nicht, um mir jetzt mit Hilfe meiner Texte, die ich immer mit dir geteilt habe, beleidigende Botschaften zu senden. Bedenke, daß ich, als die Hausherrin starb, still für mich hätte lesen können, und ich habe es nicht getan. Ich verstehe, daß du dich auf die Suche nach anderen Stimmen begeben kannst, nichts bindet dich an mich, und es ist wahr, daß du nie etwas von mir verlangt hast, also schuldest du mir auch nichts. Aber wenn du weißt, was Dankbarkeit ist, dann bitte ich dich, daß du wenigstens einmal in der Woche kommst, um mir zuzuhören, und Geduld mit meiner Stimme hast, die nicht mehr schön und dir nicht mehr angenehm ist, denn sie wird mir keine Liebe mehr bringen. Ich werde mich bemühen und so gut wie nur möglich weiterlesen. Aber komm, denn jetzt, da ich alt bin, bin ich es, die deine Zerstreuung und Anwesenheit braucht.‘

Lord Rymer zufolge war das Gespenst des ewig jungen Bauern nicht völlig rücksichtslos und ließ sich überzeugen oder wußte, was Dankbarkeit war: Fortan und bis zu ihrem Tod wartete Molly Morgan Muir voll Freude und Ungeduld auf die Ankunft des erwählten Tages, an dem ihre ungreifbare, stumme Liebe bereit war, in die Vergangenheit ihrer Zeit zurückzukehren, in der es in Wirklichkeit keine Vergangenheit mehr noch überhaupt irgendeine Zeit gab, die Ankunft eines jeden Mittwoch. Und man denkt, daß es vielleicht das war, was sie noch recht viele Jahre am Leben hielt, das heißt, mit Vergangenheit und Gegenwart und auch Zukunft, oder vielleicht sind es Sehnsüchte.

Klett-Cotta
Die Originalausgabe erschien unter dem Titel
„Cuando fui mortal“ im Verlag Alfaguara, Madrid

Printed in Austria
Gestaltung: Klett-Cotta-Design
Gesetzt in der 12 Punkt Joanna von
Reprographia Medienhaus, Lahr
Auf säure- und holzfreiem Werkdruckpapier
gedruckt und gebunden von Wiener Verlag, Himberg
Zweite Auflage, 1999
ISBN 3-608-93319-0

Javier Marías bei Klett-Cotta:

Mein Herz so weiß

Roman

Aus dem Spanischen von Elke Wehr
364 Seiten, gebunden, ISBN 3-608-93386-7

»Es ist das fahle Feuer verquerer, aber verheerender Leidenschaft. Es ist die Glut Macbethscher Einflüsterungen, sprachliche Verderbtheit, die reales Verderben bewirkt.«
Hellmuth Karasek / Der Spiegel

Alle Seelen

Roman

Aus dem Spanischen von Elke Wehr
276 Seiten, gebunden, ISBN 3-608-93678-5

»Die Liebe ein Geheimnis. In Marías' ›Mein Herz so weiß‹ und in ›Alle Seelen‹ ist einiges über die Sehnsucht und die sie begleitenden Phantasien zu lesen. Liebe ist die gefährlichste unter den Fiktionen. Sie muß klug und umsichtig ›behandelt‹ werden. Im Beschreiben des Begehrens und der Erwartung ist Javier Marías Meister. Die ›Erfüllung‹ ist ohne Bedeutung. Sie ist das Spiel, das ausgelassen wird.«
Süddeutsche Zeitung/Verena Auffermann

Morgen in der Schlacht denk an mich

Roman

Aus dem Spanischen von Carina von Enzenberg und Hartmut Zahn
428 Seiten, gebunden, ISBN 3-608-93688-2

»Mit jedem Roman, den er schreibt, ist es weniger von der Hand zu weisen: In Javier Marías haben wir einen Vertreter jener raren Spezies von literarischen Magiern, denen wir alle unser Leseglück verdanken.«
Gunhild Kübler / Die Weltwoche

Klett-Cotta

Emmanuèle Bernheim bei Klett-Cotta:

Der rote Rock

Roman

Aus dem Französischen von Verena Nolte
112 Seiten, gebunden, ISBN 3-608-93453-7

Wer träumte nicht davon, auszusteigen, wenigstens ein einziges Mal dem Gefühl zu folgen statt der Vernunft?Genau dies tut Laure. Morgen wird sie bei François einziehen, eine gesicherte Zukunft liegt vor ihr. Sie findet, sie ist glücklich. Den letzten Abend wird sie mit Freunden verbringen. Aber sie hat den Metrostreik vergessen. Jetzt steckt sie im Stau. Unvermutet öffnet ein Mann die Beifahrertür und steigt ein. Er riecht gut, nach Tabak, Rasierwasser, nach Leder. Und plötzlich ist alles anders. Der Alltag, ein Morgen existiert nicht mehr, Laure zieht den roten Rock an, den François nicht mag, und läßt sich einen Abend, eine Nacht mit dem Fremden ein.

Die Andere

Roman

Aus dem Französischen von Bettina Runge
110 Seiten, gebunden, ISBN 3-608-93207-0

Der Tag beginnt für Claire, eine junge Ärztin, mit einer Irritation. Ihre Handtasche wird gestohlen. Schlimmer als der Verlust sind die im Kreis gehenden Gedanken – wer war das, warum ich? Das Klima einer latenten Bedrohung beginnt ihr geordnetes Leben zu verunsichern. Als am selben Tag ein unbekannter Patient kommt, meint sie, Bescheid zu wissen. Doch Thomas ist nur der ehrliche Finder.

Claire und Thomas werden ein Liebespaar, obwohl Thomas warnt, er sei verheiratet. Während sich die Beziehung entwickelt, steigert Claire sich in Phantasien über die andere Frau hinein. Bis die Geschichte eine überraschende Wendung erhält.

Klett-Cotta